教皇庁の使者

教皇庁の使者

幻想小説《フィクシオン》

服部独美

NUNTIUS SANCTAE SEDIS

国書刊行会

装丁
柳川貴代

カバー装画
カルパッチョ
「英国使節の到着」(部分)

教皇庁の使者

——幻想小説《フイクシオン》——

私はここに居て鳥を見ていよう。

皇帝への忠誠を身をもって示したと評価されても過大なこととはいえないが、当人にとってはただ抗しがたい蛮力の犠牲になっただけで、示すものなどなにもない究極の状況であった。しかしながらひどい目に遭ったのは事実であり、その報酬として安楽な余生を与えてくれた皇帝には感謝の気持ちしか持ち合わせていない。

こんな言い方が皮肉っぽく響くのは、ポレが皇帝の身代わりとなって災難に遭ったことは紛れもない事実であるから、本人からすればちょっとした諧謔を加えたくなるのも無理からぬことと事情を知っている誰もが思うからだ。

敵軍に捕らえられたというポレが無事に帰還したときには、宮廷内も軍隊関係もほとんどの者がポレのことを忘れていた。もちろん聞けばああの男と思い出せるし、皇帝が現在も健やかなのはポレの存在があったからだと今さらながら感じ入る者も少なくはなかった。

ただ付け加えておかなければならないのは、〈事件〉前、当人はポレという名ではなかったということだ。

ポレ——宝苓《ほうれい》——宝を落とした者、という名は、帰還し皇帝の恩寵が与えられ、今まで——

皇帝の替人《みがわり》として過ごした半生――とは別の、確固たる個人としての名を名乗るという自らの意思を表わしたものと信じられている。

そのポレは、首都の郊外に大層な敷地を与えられ、多くの使用人を抱え、表向き安楽な生活を送っていた。宝苓が駆り出された北の国との戦争もこの首都――燕邑《えんゆう》――には、遥か遠方《かなた》の出来事にすぎなかったしその後は隠遁生活を続け、遠い戦場から帰還した者たちの集まりにも出入りしなかったから、人々は次第にポレとは疎遠になっていった。

はじめポレは読書に没頭した。題名だけを知っている古典、幼い頃読まされうつろな記憶に残っていて、もう一度読んでみたいと思う書物、近ごろ話題になっている新しい本《もの》。

読み進むうちにポレはある日、書物とは何かということを、あるいは言葉の秘密というべきものを理解した。

ポレはこう考えた。本を読むということは、文字を読み、その意味を解し、頭の中に思いをこしらえることだ。文字を読むことで、ある情景や事物そして感情や思考が頭の中に創作《つく》られる。まるで食べ物をたべると、味が生じるように。

しかし書物と、それを読むことによって生じる〈思い〉とは全く別のものなのだ。

それは本物とそれを模した細工物との関係にたとえられるかもしれない。七宝をほどこした瑠璃色の金細工の鳥があるとする（実際ポレの客間にそのような物がある）。ネジを巻けばいつでも美しい声で鳴き、羽搏く、しかし飛びはしない。本物が垣間見せる本物らしさを細工師は見事に再現している。もちろん実物が存在しなかったなら造られることはなかっただろう。

書物を読んで頭の中に生じるものは、模型のようなものなのだ。好みに添うよう変形を加えられた模型。さらにそこに好悪や個人の思いが加わるなら、元の形を想像することすら困難なほど奇怪に歪んだ、あるいは逆に驚くほど美しい形に他者からは見えるものかもしれない。そして恐ろしくも滑稽なことに、当の本人は自身のこしらえた模型をしごく正常《まつとう》なものとして、他人には異《ちが》って見えることがある、などとは考えもしないのだ。

「あれ、ご覧になりました？」「あれ、お読みになりました？」などと人は言い、自分の頭の中の模型を実物だと思って他人に知らせようとする。

その日も友人の鶯《おう》夫人はポレに芝居見物を薦めた。

「あなたお芝居をご覧になる？　日没《オクシデント》の地のものなの。少し前まではよく演《や》られていたそうですけど、最近では珍しいんですって。あたしあまりお芝居は詳しくはないけれど、主人が熱心で自宅《うち》で演《や》ることになりましたの。ご覧になります？」

「芝居ですか」とこたえたポレの頭の中には、微細《こまか》い唐草模様の刻まれた石版のようなものが浮かんだ。よく見ると石版に刻まれた模様は動物や人のかたちに見える。さらに見つめていると動いているようだ。芝居の象徴化だ、とポレは思った。芝居はまさに作られたものだ。人によって作られ、好むように読み解かれるのを待っている。

鶯氏の好みは、目の前にいる鶯夫人の容姿《すがた》や会話《ことば》が証明している。そして彼女も芝居を薦めることだけが目的ではないだろう。

鶯夫人こと桃英《とうえい》は目の化粧の所為《せい》か、媚びているように見える。事実誘っているのだが、そういう女性としての慣習が身についてしまっていて、そこに意味を求めるのは間違いだとポレは思った。今現在、こういう態度で接しているのは、彼女にとってごく自然なことなのだから。

「今夜……ですか？」ポレは桃英の黒目がちな目を覗きこむように顔を近づけ言った。

「そう。急な話ですけど、大丈夫でしょ。お食事をしながら。季節もよろしいですし」

「あなたのお誘いを拒めるとお思いですか」ポレは冗談めかして言ったのだが、紛れもなく真実だった。

「お暇をもてあましてらっしゃいますのは存じてますわ。あたしと遊んでくださいますものね。いっそのこと今日は朝まで遊びましょうよ」

「たしかに暇です。いつも何か夢中になれるものがないかと探しているんです。昔はいろいろなものに夢中になれたのですがね」

「今はいけません？」

「どうでしょう。あなたと居るだけで少しは救われますが」

桃英は唇を薄くして笑みを見せた。「上手な役者は身体の力を抜くものだと申します。それが演技の技術だと……。いささか力が入っていますよ」

「ご存じでしょ。わたしには何の危険もないことを」ポレは『教皇領』を思い出した。もう長い時が経っているので時間の進行とは無関係に、前後の脈絡もなく、受けた行為がひとつひとつの断片として思い出される。彼らは本当はなにをしようとしたのか、ポレが現在負っている肉体的心理的障碍は決して軽いものではないのだが、それを目的にあのような煩雑で微妙な施術を行うこと自体がすでに信じがたいことなのだ。

理解しがたい情熱、そう表現してもどうなるものでもない。実際問題としてポレはすでに〈男性〉ではないのだ。

「あたしが娘だったころ、歩く時によくささえてくださったわね」桃英は現在《いま》から考えるとむしろ幸せだった昔を思い出していた。

「あなたが〈袁《えん》家の桃英〉だったころ、わたしは――今なら笑って話せますが――お嫁にほしいと思っていましたよ」

「でも何もおっしゃらなかったでしょ」

それは過去における決断の先送りを咎めているようには聞こえなかった。ポレ自身もそのころ頭に描いていたのは娘だった桃英の、纏脚布《てんきゃくふ》に包まれた小さな足であったことは承知している。

人体のある部分をとりわけ愛するのは、何か特別な意味があるのだろうか。ポレの記憶には、そういう嗜好をうながした特殊な事情や事物には思い当たる節はない。ただ理由《いわれ》もなく子供の時から小さなものが好きだったことは自覚していた。

「自分で自由にできるもの、そういうものしかわたしには愛せないことに気がついたのです。当時はまだ若かったから、そして今はこのようになりましたから申せるのですが、わたしは意思のある人間を愛するなんて人間らしいことはできないのです」

「あたしの考えでは」と桃英は言った。「それは愛というものではありませんわ」

「では何でしょう」

「さあ……欲望……情念……執着……」

ポレが桃英の言葉を引き継いだ。「いずれにしても不自然な行為でしょう。でも、もうわれわれは自然とはかけ離れてしまっています。動物のように直截に欲望を表現できないし、愛と名付けて綺麗ごとにしてしまうのも賢《さか》しい行為です。そして物語やお芝居の登場人物はあたかも内に秘めた感情を解き放つように、あからさまな愛の告白で筋書きに貢献します。それは芝居の世界では単に作者の都合を超えて人間らしい振る舞いと見なされています」

「あなたが何もおっしゃらなかったのは、ここがお芝居の世界ではないからでしょ？」

「世界は舞台だ、そんなことを言った劇作家もいましたよ。ご主人はご存じかと……」

芝居は夜が更けてから鶯《おう》家の中庭で行われる予定であった。二重になった石壁の内側の門を塞ぐかたちで中庭に向けて舞台をしつらえ、石壁のあいだの前庭を楽屋とする計画だった。役者は二人だけで、芝居用の馬車を伴って来るので、必要とするものはない。中庭に客席だけを用意してくれればいい、と差配人は鶯氏に伝えていた。

「珍しい芝居馬車が見られるぞ。そういえばポレくんは芝居馬車で敵地に行ったのじゃなかったかな？」夫の決して悪意がある訳ではない軽口に桃英《とうえい》はひやりとした。

「あなた、よく考えておっしゃってくださいね」と桃英は口にださずにはいられなかったが、一方では夫らしい天真爛漫さを面白く思ったのも真実《ほんとう》だった。

ポレが教皇領から帰ってきた当初、桃英《とうえい》はポレが蹇《あしなえ》になったものとばかり思っていた。北の国との戦争で、地中からの突然の爆発によって脚をなくした者が多いとのうわさはよく囁かれていた。知り合いの高官の夫人もいつもの無駄話のなかでその話題に触れ、「座ってさえいれば見た目には判りませんから良いのですが、思うようにまいりませんから、みなさん癇癪持ちになってしまうそうですよ」などと言ってぎごちない笑みを浮べていた。

ポレの新居を訪問して自分の勘違いに気づいたのだが、最初のうちはポレとの関係がますます遠くなってしまったように思われた。そして月日が経つうちに、ポレの心をそれなりに理解した気持ちになったり、二人の関係も以前と同じではないにしろ、時が経って物事の関係が変化するように、現在の関係が以前の延長であることは疑いのないことで、その変化はむしろ今の状態にふさわしい自然なことのように思われてもきたりした。

ポレは沢山の鳥を飼っていて、世話をする専門の者を雇っていた。また凝った韻律の詩を書き、その詩に添えるほとんど無関係の絵を描いて、その違和《ずれ》が微妙な芸術の秘密であるかのような話をした。

しかし珍しい鳥は次々に死に、詩は誰もまともに読もうとはしなかった。

肉体的な快楽は、その根本が存在しなくなったため、さらに複雑微妙な世界に入り込み、それはそれで蠱惑的なものだが、何も知らない子供同士のような気持ちもして馬鹿馬鹿しく感じることもあった。そんな妻を鶯《おう》氏は愛玩動物の生態を観察するように、記録をつけているわけではないが、興味深く観察していたし、桃英もそのことを知っていたのであんな言葉も出たのだった。

すでに中庭では、卓子が並べられ、その間隙《あいだ》に炬火《かがりび》が灯されていた。大きな卓子にも柱のような太い蠟燭が置かれ炎が夜風に揺れていた。

一同が席に着くと小さな玻璃杯《グラス》に入った強い酒と撮肴《つまみ》がふるまわれた。しばらくすると、門外から喧騒《ざわめき》が伝わり、芝居馬車の到着を告げた。

いきなり轟音を発し、六頭立ての真黒な箱型の馬車が中庭まで進入してきたので一同は驚いた。

「大仕掛けね」桃英《とうえい》は卓子の右側にいるポレを見て言った。

「いいや。あれが世界だと思えば小さいものさ」左側の鶯《おう》氏が言った。「今はもう日没の地《オクシデント》でも貴重品だろう。あの中で芝居を演《や》るのだ」

馬車の馭者台には薄い絹の外套を羽織った宮廷付きの馭者が乗っていて、声というよりも音のような叫びで、六頭の馬を操っていた。中庭に侵入した馬車は方向を変え、設《しつらえ》てあった舞台の上に乗り上げた。

すべての馬は汗をかいていた。前の二頭は前脚を踏みならし後脚で踏ん張り、時々頭を振ってすでに星が煌めく夜空を見上げ嗚き声をあげた。馭者は馬車から降り馬を外し、三頭ずつ手綱をまとめ、門外に引いて行った。黒光りする巨大な馬車だけが置き忘れたように残された。

中庭の見物人はさまざまであった。近くの人と親しげに秘密めいた話をしている者、料理や酒を指さし、称賛の意や追加の要求を表わしている者、周囲から閉ざされ、ただ黙って顔を見合わせている者、食べたり飲んだりしないで、じっと残された馬車を見つめている者。

馬車の天井が開き、奇妙な赤い人影が現われた。

飾り玉の付いた帽子をかぶり、赤い天鵞絨《びろうど》の浮き輪を重ねたような上着を着ていた。

男は馬車の屋根の上に立ち、中庭の客をひとわたり見渡すと、右手に持っている太い杖で足元の屋根を打ち、客の注意を惹いた。

視線が集まったと判断すると、ふかぶかとお辞儀をし、軽い咳払いにつづいて口を開いた。

皮膚の色艶から想像できる年齢《とし》には相応しくない高く澄んだ声であった。

「今宵はお招きをいただきまして、まことにありがとうございます。

日没《オクシデント》の地に古くから伝わる人形芝居でございます。

昔は神さまと人間とが同じ世界に住んでおりましたようで。しかも人間にはさまざまな顔《かお》形《かたち》、髪の色、皮膚の色、背の高さなどがございますように、神々もそれはさまざまなご様子。

今宵ご覧にいれまする熱心な神と、幸か不幸か、その神に見いだされた人間の物語。古くから伝わりまする手練手管を用いまして、お目汚しお耳汚しになりませぬよう、皆様方のお慰みになりますことをこの地の神に乞い願いまして、力の限りつとめさせていただきます。口上次第」

口上を済ませると男は、馬車の屋根から滑り落ちるように姿を消した。

人々は食事の手を休め（すでに大皿料理が配られていた）、馬車に目をやった。

静寂の中で黒光りする芝居馬車は、まるで大きな草食獣のように身震いし、側面の板が手前に倒れ内部をあらわにした。馬車の内部は草原だった。奥にほのかな明かりが点り、前面に人《ひと》形《がた》の影をつくっていた。――草原に佇むひとりの影。

弦楽器の演奏がはじまり、次いでそれに乗せた歌が聞こえてきた。最初、歌声は小さく、楽器の音に消されがちだったが、次第に歌詞の断片が聞き取れるようになっていった。

太古からの変わらぬ暮らしやそれを彩る風景を讃える歌だった。

「今日初めての太陽が海の彼方に顔を出す。

麦の穂を集め終わったら、西の湖に昨日の太陽を拾いに行こう」

照明の変化で箱舞台は奥行きを増し、背景のなだらかな丘が遠くに去り、夕陽の沈む草原がにわかに前面に広がった。

芝居は演奏付きの歌と、擬音入りの台詞《せりふ》とで進行した。荘重な調べと、時として俗に流れる台詞との齟齬にポレは多少違和感を持ったが、人形の出来栄えと動きには感心しないではいられなかった。

冒頭〈神〉は姿を見せず、声だけで登場する。

天上からの甲高い〈神の声〉が、羊飼いに自分を唯一の神として崇めるようにと命ずるのだ。

「私こそおまえの父が崇めた神、おまえの祖父が崇めた神。

この声に聞き覚えがあるだろう。

生まれる前に聞いたはずだ。

私こそ祖父の神、父の神、おまえの神。

私だけが神であり、おまえは誓わなければならない。もう二度と夕陽を拝んだり、山に願いをかけたり、羊の毛で編んだ人形をお守りにしないと」

ほとんど脅迫に近い神の要請を羊飼いは受け入れ、こんな歌をうたう。

「あなたの声の記憶はないが、

姿が見たい美しい声。

神とは何か知らないけれど、

縋りつくものはたくさん欲しい」

羊飼いが天を見上げると、天から神の声が下される。

「契りはなされり」

神は羊飼いの言葉を都合良くとらえたようだ。

すると銀色の帯が舞台の前面に垂れ下がった。稲妻なのである。

鶯夫人の桃英がポレの耳元で囁いた。

「あの人、クリスさんっていいますけど、主人がこれ終わった後で一席もうけますって。あなたもぜひ」

あの人って、とポレは尋ねようと思ったのだが、人といえるものは馬車の上で口上を述べた奇妙な服装の老人しかまだ現われていないことに気付いた。

ポレの思いは太鼓の連打によって中断された。

声だけの存在だった〈神〉が舞台の上方《うえ》からゆっくりと降りてきた。目、鼻、口が顔面の下方に集中し、巨きな赤子のような禿頭の奇怪な姿だった。

虚空から地上に降りた神は羊飼いを抱きしめ、天空に片手を伸ばすと羊飼い人形をあやつる糸をつかんだ。そのまま糸を引き寄せ、あやつり糸の集まった十字型の手板までたぐり寄せた。〈神〉は人形の糸を引く、すると羊飼い人形の右手が上がり、別の糸を引くと右足があがる。

人形の操縦法を知った神は歌を唄いはじめ、それに合わせて人形を踊らせた。

神の人形が羊飼いの人形をあやつり、踊りながらこんな歌を唄った。

最初は羊飼いの独唱、やや低い声であるが明るい調子である。

「わたしの心はあなたに魅かれ、

心をこめてあなたを拝む。

羊たちに別れを告げる。

あなたの道を教えてほしい。

わたしの道を教えてほしい。

命の道を示してほしい」

羊飼いは唄い終ると神の胸に飛びこみ、神は母が幼子を抱くように羊飼いを抱き、歌は合唱になる。

「二人を結ぶ絆ができた。

これから始まる二人旅。

素敵な出来事待っている」

その後は神と羊飼いがさまざまな困難に出会い、それを解決したり、物陰に隠れて災いが通り過ぎるのを待ったり、あるいはその困難に服従せざるを得ないと理解したりする旅が続くのだった。

神は最初の言《げん》と異り、次々と現われる難関に対し、およそ役に立ちはしない。のみならず、役立たずの神と別れようという考えが羊飼いに浮かぶと、それを察知して今度は脅迫までするのである。

「私こそ祖父の神、父の神、おまえの神。

私を唯一の神と認め誓った言葉を忘れるな」

羊飼いは不幸にも、迷惑な神にとりつかれた状態となる。

そして旅の最後に、神は自分の所を得る。突然現われた髪の長い少年に導かれ地下に向かう。そこには冷たい湖があり神は永遠の安らぎを得てここが自分の安住の地であると知る。そして少年にも湖に入るよう乞うのだった。

泉に入ると醜かった神の顔は、柔和な老人のようなあるいは胎児のような安らかな顔に変化する。神の落ち着き場所はわかるが、取ってつけたように最後に登場した少年は何を意味しているのだろうかとポレはいぶかった。ともかくこうして劇は終わる。

ポレの頭の中には今までに考えたこともなかったような多くのさまざまな観念が浮かんで消えた。

演劇はその国、その時代とつながっている。信仰や神の問題は現在の日出の地《オリエント》では話題にされることはない。しかし教皇庁のある日没の地《オクシデント》ではかつての絶対の信仰がゆらぎつつあるのだろうか。あるいは他の国や地域を極端な見方で特徴づけるやり方に影響され、そのような国であると思い込んでいたが、ひとつの国は多くの人々で成り立っているのだから、ある傾向というものはあるのかもしれないが、必ずそれに反する意見を持った人もいるものだと思ったりした。

炬火《かがりび》の炎は消え始め、客は果物や甘い酒をもう欲しがらなかった。芝居馬車は舞台を閉じ、そのままの場所で月光を浴びていた。

ポレは半分になった月を見ながら静かに席を立ち馬車の近くまで行った。近くの叢《くさむら》で蟋蟀《こおろぎ》が鳴いていた。少し前まで舞台だった黒塗りの大きな箱の艶のある塗料は無数の傷が付いていて、剝離して木の地肌が見えている部分もあった。

鶯家の使用人が呼びに来た時にはポレは馬車の陰にぼんやりと立ち虫の声を聞いていた。日没《オクシデント》の地の芸人に会いたくなくて無意識のうちにここに来たような気もした。慇懃な使用人は客間で鶯夫妻が待っているとポレに伝えた。

この家の中庭の奥、回廊の先に大きな客間があることはポレも良く承知していた。あえてその場所を確認すると、使用人はご案内いたしますとポレの手を引き、並べたままになっている卓子や椅子や篝火の支柱のあいだを通り抜け、回廊を越え、客間の扉の前まで連れていってくれた。

客間の扉を内側から開けた桃英が、ふたたびポレの手を取り奥にいざなった。ポレは手を取られながら、夫人が自分につかまっていることを知っていた。重みが腕にかかっているので夫人の腰に手を回して支えようとしたが、自由になる手は逆の側だった。

部屋の奥の大きな暖炉の前に日没《オクシデント》の地の人がいた。口上の時の衣装ではなく、さっぱりした絹の袍子《ながうわぎ》を着ていた。

鶯氏が二人を紹介し、ポレは人形芝居に驚いたことを述べ、これは古くから伝わっている芝《も》居《の》かと尋ねた。

クリスは恥ずかしそうに、あれはわたくしが創りましたと答えた。

「もう昔のものは残っておりません。もともと文字に書かれ形として残っているものは少ないのです。わたくしも演《や》ったことはありますが、もうほとんど忘れてしまいました。今日お目にかけたものは『神の泉』という拙い作品《もの》ですが、わたくしの覚えている限りの人形芝居の特徴を入れたつもりです」

クリスはもう老人で少々耳が遠いようだった。しかし言葉ははっきりしていて、当然ながら日没《オクシデント》の地の発声や抑揚は本場のもので、先程の劇中歌のように聞いているだけでも心地よかった。

ポレは人形が人形を操る方法や顔が突然変化する巧機《しかけ》などについて尋ねてみたいと思ったが、まだ親しく口を利く段階ではないと思い、失礼にならぬ程度に顔や手の動きを——人形を見るように——見ていた。

話は主人の鶯氏が主に導いていた。

「もちろんどなたか師匠《マスター》のような方について修業なすったんでしょうな。こういうお仕事はなりたくっても、なかなかなれるものじゃないでしょう。クリスさんはどんなきっかけでこの世界にお入りになったのですか？」

「わたくし、本当はお門違いの者なんです。ちょっとした間違いでこんなことをやるようになってしまって。他に生きる道がないということになれば、誰だって精進することになりますよ。わたくし小さい頃からどういう訳か、神学校や教会で生きてきて、将来は神さまに縋って生きてゆく、そういったふうに、当然のように思っていて、他の道なんてまったく考えていませんでしたし、自分で自分のことを決められるなんて考えすら知らなかったのです。でもある日……。いろいろなことが短い期間におこって、結局旅回りの芝居一座に入れてもらって、その馬車でセウェルスから逃げ出したんです。一座の座長ヴィンコ親方がわたくしの師匠です」

「ずいぶん数奇な体験をなされたものだ。で、結局はこちらに落ち着かれた訳ですな。いかがですか、――こちらの暮らしは」

「ええ、ありがとうございます。もう先もあまり長くはないでしょうから最期の住処《すみか》になりそうです。なるべくご迷惑にならないように逝くのが今の望みです」

「そんなことをおっしゃらずにちょくちょく拝見したいものですよ。ねえポレくん」

「そうですね。また見せてください」

後から考えてみると、この時の自分はそっけなかったなとポレは思った。クリスの年取ったといえどもオクシデント人としては稀な美しい顔（ポレの見たオクシデント人はみな動物のような浅ましさが顔に表われていた）に見惚《みと》れていたことと、人形劇の印象がその異質さゆえ未整理であり、そのことが頭の中にあったため、礼儀にかなった対応がおろそかになってしまったと後悔した。

このようにポレはクリスへの強い関心を初対面から抱いていた。尋ねてみたいことが次々と浮かんだ。クリスは教会で聖職者になるよう育てられたという。クリスは馬車でオクシデントからオリエントまでの長い道程《みちのり》をさまざまな体験をしてやってきたという。ポレはそれらの話を直接《じか》に聞いてみたいと思った。

しかし自分自身にあてはめてみれば、国々を越える長い旅はそんなに容易なことではないだろう。さらに、話すことと実際に起こったこととの距離はひどく遠いようにも感じられた。

前皇帝の側近だった鶯氏は如在ない対応をしていた。一方クリスは緊張しているようにも見えなかったが、どこか心を開いてはいなかったので、会話はおざなりの挨拶以上には深まらなかった。それでも鷺氏はクリスがこちらに来た時期や経緯などを聞きたがった。

「もう昔のことですし、年齢《とし》も年齢《とし》ですからあまり覚えていないのですよ」クリスは申し訳なさそうに言うのだった。「ただ皇帝陛下にお目通りがかなったことには驚きました。先代のカロン皇帝ですが、わたくしの生国の神や宗教制度にご興味をお持ちで、ご見識も豊かで……」

「そうでしたか。そうでしたか」と鷺氏が詠嘆の声を挙げた。「陛下に拝謁なすった。それは素晴らしいことです。陛下はあまり人に会われない方だった。結局は真理探究の為とおっしゃって帝位を譲ってしまわれたのだが……」

「どこか常人とは違う不思議な雰囲気を感じました。高貴な方にさしあげるものとて思いあたりませんので、失礼とは存じましたがオクシデント《オリエント》から持参した古い操り人形をさしあげましたが、ことのほかお喜びのご様子で……」

「そうでしたか。そうでしたか」鷺氏は繰り返した。「操り人形というのは今夜拝見したようなな」

「いや、もっと古いもので人形とも言えないような、実際思うように操ることのできないようなもので、こんなことを言ってはいけませんが、わたくしも本当のところ持て余していた次第で……」

人々は静かに笑った。沈黙の時間も多かったが、誰もがそろそろ散会《おひらき》の頃合いだろうと考えていた。鷺氏が「お疲れのところ、あまり遅くなりましてもご迷惑でしょう」と言い、ほとんど発言しなかった桃英が侍女に贈り物を言いつけた。

「乗り物《おとも》を用意いたしましたので」鷺氏が立ち上がった。

クリスも少々疲れた様子で立ち上がり、別れの挨拶を述べた。

ポレは別れ際、クリスに個人的に会って話を聞きたいと告げた。クリスが承知したその様子を見てポレは安心した。

クリスが帰ったあと桃英は「房《へや》で待ってらして」と言い残し、夫とともにしりぞいた。

鷺家の後軒《おくのま》の左右にふたつの睡房《しんしつ》があることをポレは知っていた。片方は間に書房《しょさい》を挟んでいたが、右側の桃英の使っている部屋は後軒《おくのま》の奥にある。

ポレは今夜はじめて見たクリスという男のことを考えていた。実際ポレはクリスに魅せられていた。それというのも本来オクシデントはポレの憧憬《あこがれ》の地であった。不幸な事件があってからはあまり考えないようにしていたが、かつてはそこから来た人間ということだけでも好感をいだいていた。しかし実際にポレの接したオクシデントの人間は想像と異なり、その壮大で巧緻な建造物から類推できる荘厳な美とは程遠い輩《ともがら》ばかりであった。ところがクリスは違っていた。繊細で礼儀正しく、特殊な技術と知識を持ち、それを誇らず、若い頃は美しくともすぐに醜く顔や身体が崩れてしまうオクシデント人の、美しく老いた類い稀な例であった。

いったいどのような少年時代を過ごし、どのような思い出があり、どのような考えを持っているのか、ポレは知りたかった。そしてクリスはそのポレの探査の努力に見合うような何かを持っているような気配がした。

夜は更け公堂《ひろま》の窓から中庭の灯に飛ぶ蝙蝠が、闇の中の真の闇のように見えた。

桃英の侍女が煎茶を運んできた。卓子に置くと甬道《わみち》に出る扉を開けたまま下がっていった。ポレは中庭を眺めながら、思いをクリスから桃英の睡房《しんしつ》へ、そして桃英の身体の部分へと移した。おそらく、これから向かう睡房には甘い煙が立ちこめ、その濃厚な香りをはなつ桃英の口から、ポレが教皇領で味わった屈辱の具体的な様子を話すよう促す言葉が、煙とともに発せられるだろう。そしてポレの話を聞きながら桃英の瞳が輝くのを、ポレは目にするだろう。ポレの手は桃英の金蓮《てんそく》を包む刺繡入りの睡鞋《すいあい》に触れ、ほとんど掌で被うことのできる練絹《ねりぎぬ》のやわらかな感触の奥にこもった熱を感じるだろう。それらは気持ちを高めるものだが、その仕組み《メカニズム》がわからなかった。そして、これらのものは今の自分にとってたまたまそうなのであって、別のものであった人生も同じようにありえるのだと思った。

桃英の部屋を、鶯家の門を、夜明け前に出たのだが、このあたりの広い真っ直ぐな通りにはまだ人間の気配はなく、鳥が草のまわりを啄《ついば》んでいるだけだった。ポレはクリスの住まいを見てみようと思った。桃英の教えてくれた場所はこの近くの運河を使って行けばそんなに遠くはないし、そのクリスの住む町はだいぶ繁華なところらしいが、まだ訪ねたことはなかったからだ。大通りから運河沿いの小道に入り、ところどころにある船着場のひとつで川上の方を眺め休んでいると、流しの舟がポレを見つけたとみえて、速度を上げ船着場にまっしぐらにやって来た。ポレは船頭を見おろすと未《ひつじ》の波止場まで行きたいと、そのままに言った。船頭は値段交渉の必要のない好ましい客と判断し、うれしそうに乗船の世話をやき、中央の大きな繻子の座布団のおいてある竹の椅子に案内し、では出発しますという意味の掛け声を高らかに挙げ、舟をふたたび運河の中央部に漕ぎ入れた。

波に身体が揺れる韻律《リズム》や澄んだ風を受けて、ポレは新しい冒険に出かけるような期待に満ちた高揚した気分になってきた。

この上流地区の両岸に見えるものは、人手の入った柔らかそうな草だけだが、舟が進むにつれて自然のままの竹林や荒れた畑が見えてきた。

「この時期の朝は川下に向かう流れがあって、おあつらえ向きですよ」

「そう。このあたりははじめてなんだ」

「お客さん、お忍びなんでしょ。いえ雰囲気でわかりますよ。うしろ姿でね。あたしもこの商売長いですから。で、ご心配にはおよびません。口はめっぽう堅い方ですから、はは、お笑いになられる。いえね。もしよろしければ、時々使っていただけたらと思っているんでございますよ。詰め所で穴熊の三番って言っていただければね。いつでも駆けつけますから」

ポレは、なぜ穴熊でしかも番号が付いているのか考える気も起きなかったが、笑いながら覚えておこうと言っておいた。

そのうち左岸に大きな屋根を持った建物や塔や船着場が見えてきたので、あれが未《ひつじ》の町だろうと思った。

舟はゆっくりと岸に近づき、ポレは安心したが船頭は喋り足りなそうだった。

「ああ着いてしまいます。穴熊の三番をお忘れなく」

波止場には大きな輸送用の船が碇泊していたが、早朝のためか人の動きはなかった。ポレは少し多めに金を払い桟橋に降りた。振り向きはしなかったが、うしろで大げさな感謝の声がした。

この辺りは都市の中心部から南西の方角にあるため未《ひつじ》と呼ばれ、南方からの品物を蓄え、帝国の各地に送る貿易港として発達した地域だとポレも知っていた。川下を眺めると、赤煉瓦の倉庫が合わせ鏡の繰り返しの像のように朝陽を反射して並んでいた。

港内に目をやるとすぐ前には柱廊玄関《ポーチコ》と彫刻のある柱との枠組みだけの大きな建物があり、その奥にささやかな噴水が見え、光る放物線を左右に描いていた。

広場へ行けば休むところもあるだろうと歩を進めると、卓子と椅子が並んでいる一角があった。そして壁際の座席にクリスがすわり書き物をしていた。

ポレは衝撃を受けた。見まちがいではないかと思った。しかしまぎれもないクリスは、茶碗の乗った卓子にやや腰をかがめ顔を近づけ、手にした帳面にゆっくりと細筆を動かしていた。

ポレはこのままクリスに気づかれないうちに帰ろうかとさえ思った。あらかじめの予定では、今朝はクリスの住まいやその周辺をざっと見てまわり、それらの印象によって自身の抱くクリスに関する思いをより豊かにしたいと思っていたのだった。

過去の（戦争から解放された直後の）ポレならば、このように予期せぬことが起こるとうろたえてしまっただろうが、最近の彼は感情をそのままに感じている自分を認めその場にとどまるという、ある種心理的な訓練をしていた。逃げ出したくなる気持ちを感じ観察していると、やがてその気持ちは全く消え失せるわけではないが、始めの時よりも自分を支配する力が弱くなることを経験していた。

春の朝、異邦人が茶館《カフェ》で時を過ごしている。昨夜の人形芝居を演じた人物。神父に成るべくオクシデントの宗教を学び稀有な体験の後、今はこの国に暮らす老人。早朝の時間を書き物に過ごしている。海の方から白い鷗が飛来するこの波止場で。

ポレは卓子や椅子の間隙《あいだ》を抜けクリスの前に行くと、咳払いをしてからこう言った。

「突然で申し訳ありません。昨夜お目にかかったポレです。ご迷惑とは存じますが偶然通りかかりましたもので、ご挨拶を」

帳面から顔を上げ、最初は怪訝な表情だったクリスも理解したようで、「あ、ポレさん。これはこれは、こんなところでお目にかかるなんて。もし、お急ぎでなければ一休みなさいませんか」とにこやかに応えた。

「お邪魔ではないでしょうね」ポレはクリスの前の椅子に座り「この未《ひつじ》の町を見たくなりましてね。舟に乗りました。今到着《つい》たところですが、何でしょう。港のせいか、こう異国情緒がありますね」と運河の方を振り返りながら言った。

クリスはポレの発する言葉を、一言一言理解しようとするように緑色の透き通った瞳で相手を見ていた。

「ポレさんもそう思われますか。わたくしもね、それでここに住むことにしたんですよ。もう国には戻れませんから、どうやらこの町で人生を終えることになりそうです。あそうそう、童僕《ボオイ》を呼びましょう」

大げさな茶器の一揃いが、小さな卓子に所狭しと置かれるまで、聞きようによっては自慢話ともとれる話をクリスはするのだった。

「昨夜の芝居、何人《いくたり》で演《や》っていたとお思いですか。わたくしともうひとり、たったのふたりですよ」と言い、ポレの感嘆の間を置く。「こちらで頼まれて教えたこともありますが、どうもうまくいきません。わたくしは習ったというより身についてしまったので、教える勘所というのがわかりませんよ」などという言葉を聞いて、クリスから話を引き出すには、こちらが失礼と思うことも単刀直入に尋ねればいいのではないかとポレは考えた。オクシデントの宗教には告解《コンフェシオ》というものがあるではないか。何でも救い主が殺され復活をとげた記念日に信者はひとりずつ神父と箱のような小部屋でその年に犯した罪を語り合うのだという。

クリスの話が一段落したときポレは言った。

「クリスさん。わたしはあなたの現在までの話を聞きたいと思っているんです。最初の記憶は何か、どんな風景の中で育ったのか、オクシデントの神はどういうものなのか、そしてあなたが神父ではなく旅芸人になった経緯《いきさつ》や子細を知りたいのです。そしてできれば絵を描いてみたいのです」

「絵とは？」クリスはちょっと驚いたようだった。下を向き地面と相談するように何か独言を呟き、しかし顔を挙げると微笑んでいた。

「趣味で絵を描くのです。自己流なのですが。お話を聞いて、それだけで想像して描くのも面白いのではないかと思いました。そのあとクリスさんにご覧にいれてどんなに間違っているか……。ちょっと楽しそうな気がしました」

「宜しいでしょう。ふたりでやってみましょう、人形劇のように」

クリスとの交渉《はなし》が纏まったような纏まらないような形態《かたち》ではあるが、一応約束が成立したと解釈したポレは未《ひつじ》の町へ通いはじめた。クリスの住居《すまい》は船着場から繁華街への入り口近くにある文房具屋の二階だった。直接クリスの住居部分へ行くことはかなわず、文房具屋の店主に声をかけ店内の階段を上がってゆくのだが、その度に何か買った方が良いだろうとポレは思い、筆や紙、時には古い水滴などを帰りに買っていたのだが、そのうち店主はポレの好みを把握したつもりになって、そういった品物が入ると、お帰りにご覧になってください、などと言ってポレを困らせるようになった。

　クリスの借りている部屋は簡素なおもむきで、ひとつだけある大きな窓に掛かった綿布のカーテン以外に織物は見あたらなかった。部屋の中央に天井の梁から燭台が下がり、その下に重そうな机とクリス専用の椅子があった。訪問者は暖炉と並んだベンチに腰をかけ、時たまクリスの注文で文房具屋の娘が運び机の上に盆ごと置くお茶を手にするには、立ち上がらなければならなかった。

　最初のうちクリスは、よく眠れないとか起きた時体中が痛いとか、肉体的苦痛を話していた。港の茶館《カフェ》で会った朝も早く目が覚めてしまって、致し方なくあそこにいたのだという。

「人形芝居が無事終わり安心したのでしょう。すぐに寝てしまいました。元来《もともと》、早起きだったのはたしかです。神殿学校では夜明け前に起床ですからね。若いから出来たのですが、もちろん肉体的に若いということと、若くて何も知らないから可能だったということもあります。よくもう一度人生をやり直せたら、なんていいますけどわたくしはごめんです。もうこのままで楽に死ねたらそれで十分ですよ」

　ここオリエントにはそういった秘薬があるのではないかと思い、祭りの時に立つ露店を覗いたこともあるとクリスは言っていた。

「動物や植物が漬けてあるお酒がありますね。あの手の物であるのじゃないかと探しましたが、有効《きき》そうなのは気味が悪いものばかりですから」と言って笑っていた。クリスの求めるようなものも提供できないわけではないとポレは思ったが黙っていた。

またある時、下の店で目にしたことがあるオクシデント風の立派なノートブックが机の上にあるので、ポレがああ私も気になっていたのです。お求めになったのですね、などとほとんど挨拶のようなつもりで言うと、クリスは思い切ったように、手記を少々書いてみたのだが、と言った。

「こちらの筆には驚きました。同じ一本で細くも太くも自由自在ですからね。わたくしも習得しようと何でも筆で書こうとしたこともありました。筆と柔らかい紙を糸で綴じた帳面をいつも持っていました。気持ちに余裕がある時ならいいのですが、自分のことを書こうとするとつい力が入ってしまって、大きな字しか書けません。国にあるような硬い紙のノートブックにペンとインクで書いてみましたら、筆よりも宜しいようです。長い間の習慣は強固なものです」

ポレはそれを聞いて自身緊張したのがわかった。それまでのクリスの話はこちらの遠慮もあって、話し手の自由な方法に任せていたため、断片的で全体像が明瞭ではなかった。手記ならば……。その手記を土台にして不明な部分を尋ねる形式《かたち》をとればクリスの物語は瞭然たるものになるだろう。
しかしポレはその手記を見せてほしいと言えなかった。うぐいす色のクロース張りのノートブックはクリスの静脈の血管が蔦のように交叉した掌の下に守護されていた。だが、その骨張った指が動き表紙を丁寧に開き頁を繰り、しかるべき文をクリスが高く澄んだ声で読み上げることがあった。

――わたくしはすでにして老い、寝つきも芳しくない。少々まどろみが訪れたかと思うと、身体の痛みがわたくしを呼び起こす。そして思い返すのだが、それまでわたくしの居た世界は混沌とした思いがかろうじて形を成し触れることのできる実体になろうとするような、曖昧で定まらぬ、単なる思いともあるいは夢ともつかぬ儚く胸苦しい観念の世界であったのに、目覚めてみると身体の下になっていた腕のしびれや腰の痛みなど肉体の存在だけが全てのものになってしまう。

「ちょっと恥ずかしいのですが、声に出して読むと自分が書いたものではないような感じがします。台本のようにね。でもこなれていない部分がわかりますね」

「素晴らしい。もっとお聞きしたい。現在から始まって過去に遡るのですね」ポレは今読み上げられたクリスの手記に魅了されていた。

「そう。あと二段落ほど読めばわかります。読んでみましょう」

ポレの言葉が誘いとなり、クリスも自分の文章を他人に聞かせる緊張を伴った快さを知ったのか、続きを読み始めた。朗読はお手のものだった。

――肉体は諸悪の根源だとわたくしの育ての親、カルタン神父はことあるごとに言っていた。その意味するところはわかるのだが、老いてゆく肉体そのものが、そのようなことを言うことに、わたくしは皮肉めいた悲しみを覚えたものだ。その精神は肉体が存在しなければ、発露し得ないものではないか。こんな簡単な理屈ですら、信ずる心は撓《たわ》めてしまうのだ。一方肉体が悪を宿すことを、我が身をもって証明した今のわたくしは（それを悪というべきかどうか、判断は読者にまかせよう）、その類いない経験を綴った物語をここに著《しるす》こととする。

過去のわたくしは、今のわたくしと全く異った別の人間のように思われることがしばしばある。意識の連続を否定したくなるような幼稚で愚劣な行為の所為だけでは説明できないような感覚をわたくしが持っているのは、記憶というもののひとつの重要な作用、忘却によって自身の根本の部分を守るはたらきによるものかもしれないが、わたくしの記憶は過去のわたくしを、まるで現在の自分とは別の、物語の幼い主人公を見るようにはたらくことがある。未熟な主人公の行動や思いは、筋書きを知っているわたくしを楽しませてくれる。人が物語に興味を示すのは、未知の話だからではなく、よく知っている話だからだ。

ここまでは、いうならば前書きのような部分だった。何時まで経ってもクリスはうぐいす色のノートブックを直接ポレに読ませるようなことはなかったが、訪問を重ねるうちに、自らの朗読をポレに聞かせるのが恒例《ならい》になった。

こうしてポレはクリスの生涯を少しずつ知るようになっていったのだった。

クリスの幼い記憶には、神殿学校の象徴の〈神殿〉があった。

そこは天井が高く、暗く寒く手入れが行き届いているのに荒廃《すさ》んだ広間で、嵌め殺しの小さな窓から射し込む光が塵埃《ほこり》を映し、困難な救いの暗示を与えていた。

長机と長椅《ベンチ》に対峙して、部屋の正面には聖母の彩色木像が据えてあった。

幼な子を右の膝に乗せ、左手にひび割れた玉《ぎょく》をかかげている。髪は大きな房に左右で束ね、残った前髪をうしろへ撫で付けてある。髪の筋はおおまかな彫刻で表現され、べったりと塗られた黄色の塗料が真新しく光って見えた。顔面は煤《すす》けが目立ち黝《くろ》ずんでいたが、大きな目には青ガラスが嵌まり、品の良い小さな口をした愛らしく若い顔だった。

クリスの世話をしてくれた女教師は老年《としより》だったが整った顔貌《かおだち》をしていたことから、朧げにその像は女教師の若い頃の姿だとクリスは思っていた。しかし校長ではなく女教師の像が神殿の重要な場所を占めている経緯《いきさつ》は自分自身にも説明できなかった。

神殿学校というのは、親が公にできないあるいはしたくない子供を幾許かの金銭とともに引き取り、宗教関係の職に就かせるための教育をする機関であるということは後にわかったが、学校といっても生徒はいつも十人に満たないくらいで、教師たちの存在も相まって家庭的な雰囲気だった。送られて来た子供はしばらくの観察期間ののち、その子にふさわしい教育方針が決定され最終的には宗教関係組織や個人に引き取ってもらうよう子供を〈仕上げる〉のが神殿学校の役目だった。もちろん、その子の魅力や能力に応じて相応の価値と交換に。

クリスは『子羊《アグヌス》』と分類された。これは上等の組で、うまくいけば教皇庁に職を得たり司祭になることも夢ではないと女教師に励まされた。

「あなたは神さまからお慈悲を受けるのではなく、神さまからいただいたお慈悲を返さなければばならない立場なのよ。それには学ぶべきことがたくさんあるわ」と女教師は言い、昔の言葉を学び記憶し古い文章を読む訓練を課すのだった。神を賛美《たた》える式典の知識や各種の儀式にどんな意味があり、どんな心構えが必要なのかを知らなければならないし、実際に香炉を振る訓練や歌や楽器の練習もあった。

　クリスは命じられたことを首尾よくなしとげ学校生活を無事に過ごしていた。しかしなぜこのようなことをするのか、どんな意味――教師の語る意味は〈儀式〉が前提にあった――があるのかは考えもしなかった。空白の心のなかに神殿学校の規則が、理想が、束縛として刻印されていった。

　神殿学校では数年に一度、訪問者があった。それは教皇庁関係者だったり、教会の助手を探している神父だったりするのだが、その時は神殿に生徒が集められ一人ずつ歌をうたったり詩を朗読したりするのだった。いわば神殿学校の発表会のようなものだ。神殿学校《ここ》を逃げ出したい生徒たちは、新しい生活のはじまり――訪問者に気に入られ良い地位を手に入れた後の――を夢見て練習に励むのだった。

　そのようなことが許されるのは、もう訓練を終え一定の知識や作法を身につけていると校長に認められた生徒たちだった。そしてそのなかには〈発表会〉でただ己の肉体を見せるだけの者もあった。ほとんど裸体《はだか》に近い衣装で——驚くべきことにこの衣装はある種正式なものだった——歌にならない歌を語り、詩にならない詩を呟くのだった。えてしてそのような生徒が高位の者のところに送られることはみんな知っていたがそれは結果からの見方であって、肉体の美しさは特別な知識や素養と同じようにその個人の大きな魅力であると誰もが納得していたのだ。

クリスは美しい顔と人並みの身体をしていたが、さまざまな規則を記憶し、具体的に用いたり別の可能性を考えたりすることが自身にも意外なほど精妙《たくみ》にできた。したがって神殿学校における初期のクリスは聡明な模範的な生徒と思われていて、校長も女教師もクリスの心底に潜む違和感や不快感にはっきりとは気付いていなかった。クリス自身も、その違和感や煩わしさの原因をまだ理解していなかった。校長や女教師やその他の教官の笑顔や褒め言葉に、それなりの満足や日々の生き甲斐を感じていた。

神殿学校はいつも暗く寒かった。中庭に陽が射すことはまれで、そこの水場はいつも凍っていた。羽虫やそれを狙う蜘蛛が枯れかけた草や土の中で動いていた。クリスはこのままここで一生を終えることを考えてみた。中庭の石畳の間隙《あいだ》に形の良い双葉の草があって、時々それに話し掛けるようなこともあった。そしてこれは宗教のはじまりだと思い、真実がわかったような気になった。神殿学校の神は自分で見つけたものではなかった。

何年か経ってセウェルスのカルタン神父の元に行くことが決まった後で、女教師はクリスに夢の話をした。

「あなたが来た夜、ケルブの夢を見ました。何かを告げようとしているのはわかるのですが、人間の言葉ではなく唸り声、鳴き声のようなものしか発しませんでした。前脚を宙に浮かせ翼を振り、瞳はこちらを訴えるように見つめるのです。口が小さく開き鋭い歯と先端《さき》が分かれた舌が見えました。意味のわからない声が漏れます。目が覚めた時、あなたのことを思いました」

信心深い女は無慈悲に本当のことを話すものだとクリスは思った。

そして女教師は神殿にクリスを連れて行き、女神像の前にすわらせた。

「あなたは本当は神さまなんていないと思っているでしょう。でも本当はいらっしゃるのよ。それも皆が思ってもいない形態《かたち》でね」そう言うと彼女は女神像の膝に乗っている子供の頭と玉《ぎょく》をつかみ、女神像の腹部を開いた。像は真ん中から左右に割れ、内部にもうひとつの像を宿していた。古代の遺物のような、均衡の崩れた稚拙な像だった。

クリスは毎日拝んでいた女神像の秘密に驚愕したが、腹の中に入っている像は女教師の敬神と同じように特異なものだと思った（熱心さが極度まで高まると共通の気持ちを抱いていない者には恐怖そのものだ）。さらに女教師がクリスのこの戸惑いを楽しんでいるように見えるのも恐ろしかった。

カルタン神父が神殿学校に来たのは、教皇庁の関係者と一緒だった。

何よりも教皇庁の人間が来るのは十数年振りなので、生徒はもちろん校長までもが興奮していた。深紅の襞の多いトーガは教皇庁の人間で、それにふさわしい傲慢な態度だったので、連れの地味な旅姿の小柄な男が好ましい人間のように見えた。そのカルタンは教皇庁の男に続いて飄々と神殿に入ってきた。少年のような好奇心に満ちた表情で自然な笑みをうかべている。

校長がふたりを居並ぶ生徒に紹介した。紅のトーガの男は軽く礼をしただけだった。カルタンはご紹介にあずかり光栄ですと言いながら、脇の女神像が気になる様子だった。

校長の指示で、生徒たちは恒例の〈発表会〉に移った。

クリスはリュートを弾きながら詩の朗唱をした。

あなたの去ったあとも

その影は
残された薔薇のように
私の心に横たわる

という多少官能的な、しかし失われた救世主をうたった歌を、ほとんど抑揚をつけることなく誦《ず》した。

あとから考えると、クリスはカルタンを初めて見たとき、自分はこの人の元に行き一緒に生活することになるだろうと啓示を受けたような気がした。しかし、それは期待や願望が無事叶った時点から遡って空想しただけで、初めてカルタンと会ったときには、実はそんなことを考えてもいなかったのが真実のようにも思われるのだった。

ただカルタンが発した言葉はそのままの形で記憶していた。

生徒たちの紹介が終わると校長は〈客人〉たちと別室にはいり〈寄付〉の相談をするということは、みんな知っていた。交渉が纏まれば女教師が呼びに来て、晴れて神殿学校を卒業となるのだ。時には交渉が長引くこともある。あるいは交渉がまとまらず卒業生が出ないこともあった。

クリスは初めての経験なので〈演技〉が終わったことに安堵していて、女教師が呼びに来ても事態をよく理解出来なかった。

「カルタン神父《さん》があなたに会ってみたいとおっしゃるの。あなたが気に入ると思っていたわ。大丈夫、普通にしてればいいの。沢山の寄付をおっしゃるのよ」

結局クリスは法外ともいえる額で、カルタン神父に買い取られることになった。カルタン神父がクリスに向かって言ったはじめての言葉は「きみはこんなところにいるべき人間じゃない」というもので、言った本人は忘れてしまったかもしれないが、クリスにとっては一生忘れられない言葉となった。


出発の日も冷たい雨が降っていた。神父はロバを連れてきていた。自分のマントをクリスにかけ、クリスはロバに乗って雨の中を旅することになった。

クリスは、子供である自分がロバに乗り神父が手綱を取って冷たい雨の中を行く、こういう光景がすでにどこかに存在しているようにも思われた。

カルタンの教会のあるセウェルスまでは長い旅だった。

神殿学校は山の上にあったのだった。そこから降りるにつれ、雨は上がり、陽射しが明るく、草の緑があざやかになった。クリスは旅の向かっている先が明るい場所であることを確信し、心の底から今までになかった嬉しさがこみ上げてきた。いま目にするロバの耳の柔毛、名も知らぬ花、太陽、あたたかくやさしい空気、それらのものがとても愛おしかった。

神殿学校の平べったい建物が見えなくなってはじめて、自分が自由になったと感じた。あそこでは、あの山の上にありながらまるで地の底のような疲弊した神殿学校では、今でも朝の祈りや食事、授業などが、気温ばかりではなく心の冷たい人間たちによってなされていることだろう。小さな集団のそれぞれの性格を熟知した者同士の熟れたような関係、気詰まりな状態から自由になっただけでも大きな喜びだった。そのうえ、自分を引き取ってくれたカルタン神父の楽しそうに手綱を取っている姿をロバの上から見ると、それが現実のことではなく、暗い図書室にしまわれた希望の書物の挿絵のように思われてくるのだった。

旅の途中、カルタン神父は自分の教会のあるセウェルスの町について話しはじめた。

クリスは町にしろ教会にしろ実物を一度も見たことがないのだから、本来ならばもっと興味を持って、次々と質問を重ねられれば良いのにと思いながらも、そう思うことが気恥ずかしい行為のようにも思われた。カルタン神父の話では、セウェルスというところは、大きな川のほとりの、草原の先の、森の中にあるのだという。

クリスはそれらのものをひとつずつ思い描いてみた。

大きな川は、大きな川。いま山の麓に流れているような小川ではない、もっともっと大きな本当の川だ。そこには魚が泳いでいるし、水底には苔の生えた石が沈んでいる。草原は緑に輝く葉や茎が一面に広がっている平地だ。あの今は思い出すのも恥ずかしいような、神殿学校の中庭にまるで苔のように寂しく生えていた植物ではなく、本当の太陽に照らされた、厚く柔らかい葉をもった草なのだ。そしてその草が視界一面に広がっている。その先にはさらに森がある。いまカルタン神父《さん》の先導でロバに揺られて入って行く森、セウェルスの森はこのような森だろうか。

森の中を進むにつれ、木々の間隔が密になっていった。それによって暗い中に白く、森の中を彷徨《さまよ》う細い道がはっきりと見えるようになった。太陽の光は幹に遮られ、頭上からの木漏れ日だけになった。神殿学校の神殿の光とは異なり、美しい希望に満ちた光だった。

そしてクリスの感覚も変化した。木や草の匂い、生きているもの、植物や虫や動物の匂い、あるいは死んで変化しつつあるものの匂い。それらの匂いが次々と襲いかかってくるように感じられた。そして静寂の中に森の音を聞くのだった。草木の風に揺れる音、鳥の囀り、さらには今まで聞いたことのない音、あるいは音ではなく、ある種の生物の声なのだろうか、何とも判断できない響きや囁きも聞こえるようになってくるのだった。

カルタンに連れ出され、森に入り、自分は変わりつつあると思った。

森は力を持っている。その力がどういうものかはわからないが、今まで感じたことのない類いの力だった。その感覚は自由になった解放感から来るには違いないが、より具体的な自由さを感じ取れるものだった。

神殿学校では、稀に自由な時間があっても、それを心ゆくまで享受できなかった。次に行わなければならないことが絶えず頭の中にあって、現在を侵食するのだった。そしてたいていの〈次のこと〉は嫌なことだった。それは自由ではなく、自由の幻想《キマイラ》にすぎなかった。

森の声は陽が沈み闇が訪れるとより顕著《あらわ》になった。

闇の中の森の声はクリスを責めているように聞こえた。


おまえの生きる目的はおまえが決められはしない。

自由になったおまえには生きている資格すらない。

裏切り者、今のうちに神殿学校に戻るのだ。

こんな声が聞こえるのも自分が自由になった報酬《むくい》なのかもしれない、とクリスは思い、太腿の間のロバの体温だけが自分の拠り所であるような気がした。

その日は森の中で野宿をすることになった。

あらかじめ予定していたことなのか、旅に不慣れなクリスのせいで行程が遅れたためかはわからないが、森の中を流れる小川の岸辺に恰好な木立を見つけたカルタンは、ロバを止めクリスを降ろし、ロバの背にかけてあった毛布を地面に敷いた。次いで火を起こし二人がくつろげる場所をつくった。二人きりで火の前に隣り合うことになりクリスは緊張した。

「旅には良い季節だ」火をかき立てながら、カルタンはクリスの緊張をときほぐすように言った。

あたりは暗くなり始め、焚火の炎が川面に映っていた。

「今夜はここで我慢することになるが、明日は村の宿屋に泊まれるだろう。村では少々物を補給して旅を続ける。それから大きな町――名前を忘れたが。あそこまで行けば何でもあるぞ」

クリスはカルタンの言葉を聞きながら焚火の炎を見ていた。そして視線を戻すと揺らめく炎の陰影の元で、今まで見たことのない表情がカルタンの顔に表われているのに気づき驚いた。顔にかかる翳が別の顔、隠されていた顔をあらわにするのだった。

二人はカルタンの持参した堅焼きパンとチーズとで夕食とした。黙したまま炎を見つめ、ただ口を動かすぎこちない夕食だった。

そして、その夜はそれだけでもクリスにとっては生涯忘れられない夜になったのだが、さらに夢が加わり特別なものとなった。

夜も更け、カルタンが焚火の炎に土をかぶせ横になると、クリスは本当にひとり残された気持ちになった。神殿学校から脱出できたのだからもっと嬉しく興奮してもいいはずなのに、知らない世界、支配者も定かではない、おそらく人間ではないこんな世界の中で身体をむき出しにして夜を過ごす恐ろしさに震えながら、しかし、こういうことに馴れるのが世界で暮らすことだと自分を励ました。そのうち心と身体の疲れがあらわになって、柔らかな草の上の毛布の感触がまるで絹の敷布のように思われ、神殿学校の神殿にあった女神像の内部にいる気持ちになっていった。

女神像の内部は白い天鵞絨《びろうど》で被われ、それがもうほとんど黄色に変色していた。扉が左右対称に開いて、形よく折り畳んだ天使の翼を想像させた。

以前その中には奇妙な小さな像が鎮座していたのだが、今はクリス自身が古びた天鵞絨に包まれて収まっている。純白のトーガを身につけ、頭には菱形の教皇冠をかぶっていた。

これは教皇座だったのだ、とクリスは思った。遠くではなく意外に身近な場所に本当の秘密があるのだと。

ふと足下を見ると、神殿学校の女教師が跪いていた。

「教皇さま」と女教師は言った。鬘の多い光沢のある白い衣をまとっていた。「あなたはすでに教皇さまです。何なりとお申しつけください」

「あたしが教皇？」クリスの口から出たのは若い女の声だった。

「そのとおりです」女教師、いや神殿従者が言う。「教皇さまは神さまにいちばん近い存在です。何しろお身体《からだ》に宿してらっしゃいますから」

「体内に神さまを……どういうこと？」

「神さまを宿されて、それ故に教皇さまにお成りになったのですわ。教皇さまは人々と神との間を取り持たれます。人々の願いを神に伝え、神のお言葉を人々に伝えます。あなたは仲介者になられたのです。それはとりもなおさず教皇さまに成られたということです」

「神の言葉ですって」クリスの口から発せられる女の声は戸惑いから一段と高くなった。「あたしの体内にいるものは神さまではないわ。あたしに巣くって、あたしを滅ぼそうとしているのよ」

「しばしのご辛抱が必要かと存じます。さすればいずれ体内の制御が完成されます。それでこそ教皇さまです」

　クリスの体内の異物の意識も、クリスのものだった。

「相手を間違えているぞ」体内のクリスが叫んだ。「わたしに話すべきだ。こんな仲介女なんかにではなく、直接《じか》にわたしに話し掛けるべきだ」

「あなたはカタマイトでしょう」神殿従者がこたえる。「カタマイトならば声を使ってはなりません。それができないうちはまだ本物ではありませんね」

　クリスは自分の意識と身体の感覚とがみるみる小さくなるのを感じた。大きな綿のかたまりが押し固められるように、クリスの身体も意識も、いままであった身体の中心に凝縮された。

「ひとつ考えてみようじゃないか。どちらがかけがえのないものなのかを」

「あたしの身体から出ていってちょうだい。あなたなんかに取り付いてほしいと言ったおぼえはありません」

「わたしの存在がおまえを特別なものにする、と言ったらどうだろう。わたしの方は誰でもいいのだ。身体を貸してくれさえすれば」

「あなたはあたしの中に存在している。あなたを生かすも殺すもあたし次第だということはわかってますね」
「さてね。わたしの知っている秘密に比べたら、そんなことはあまり重要ではない。それよりもわたしの知恵を自分のものにしたくないのかね。替えはいくらでもあるのだから、おまえが選ばれたのは僥倖と言ってもいいくらいだ」

そうだ僕が選ばれたのは僥倖と言ってもいい。

クリスは強く思った。そして今自分が神殿学校の冷たい寝台ではなく、神殿の母子像の中でもなく、森の木陰にいることを感謝した。

目が覚めたけれども、まだあまり頭が働かない初めての朝、クリスはカルタンに僕を捨てないでほしいと懇願した。カルタンは笑いながら、そんなことはしない、わたしは自分の選んだものは大事にするから心配は無用だ、とクリスに言い聞かせた。クリスは大事にしているお守りをカルタンにあげることまで考えたが、夢の話はしなかった。

毎日少しずつ自分自身の墓穴を掘っている人々、亡くなった神父の死体を腐敗するまで中庭にさらしておく修道院、そんな話をカルタンがしたことがあった。それはようやく山毛欅《ぶな》の森を抜けて、山査子《さんざし》の植えてある小さな村に入ろうとした時だった。そこは教会の裏の墓場だったから、死の話をするのにふさわしかった。毀れた墓石、蔓延《はびこ》る草の間を縫って二人は歩いた。墓石の文字を読もうとするのだが、クリスには読めなかった。神殿学校で習ったことはまったくの虚構ではなかったかという不安がよぎった。

「さあ着いたぞ」とカルタンが言った。墓場を出ると広場があり、そこが村の中心のようだった。クリスの目を最初にとらえたのは、品物が氾濫している店先だった。そのような過剰な物の集合を見たことがなかったのでクリスはとても驚いた。狭い店先にありったけの商品を並べている。軒から太いのや細いのや、さまざまなロープが吊り下がり、下には馬車の車輪や大小の樽、踏台や箱の類いが並べてあった。その後ろの棚には工具や小さめの容器、さらには用途のわからない品々が互いに組み合わされ大きなかたまりを成していた。店全体が棚のようであり、端の四角に切り取った暗い空間が出入り口だった。

墓地を通り抜けた教会、この雑貨屋、そして旅館が村の中心部を成していた。

「ああ、買い物はあとからだ。まずは宿を頼んでおこう」

前日《まえ》の夜が野宿だったから、その旅館の部屋がどんなに小さくとも、寝台がひとつしかなく、敷布が汚れていようとも、クリスにはありがたかった。屋根の下、部屋の壁、上掛けの毛皮に被われて、安心して夢も見なかった。夢が嫌いというわけではないが、夢見たあとの心身の疲労に煩わされないことは喜びだった。

眠りにつく前、カルタンの手がクリスの身体をまさぐったのはクリスの予想通りであったが、背中に快感のようなものが走るのは意外であった。カルタンはクリスにも身体を触らせたがったが、クリスはカルタンの行為に少々高慢になっていたから、気付かないふりをしていた。そのうちカルタンはあきらめたようだった。そしてクリスは夢も見なかった。

翌日カルタンに連れられて雑貨屋に入った。店の中は外の陳列棚と異なり、小さな細工品など華奢な物や高価そうに見える品物が展示されていた。

なかでもクリスの目を魅《ひ》いたのは、生物の標本が入ったガラス瓶だった。蠟細工の胎児のような、ごく小さな裸の身体が薬液に浸かっている。爪先や肌の皺まで細密に拵えた細工物のようにも見て取れる。瓶をおそるおそるゆすってみると、液とともにゆっくりと揺れた。ただ眠っているだけで外に出せば動き出しそうにも思われた。

クリスの見つめる瓶の中でカタマイトは動いた。

小さな軀を目覚めた時のように揺すり、意外な場所に驚いたような芝居がかった表情をつくった。そして周囲を見回し、自分を見つめているクリスに気がついたようだった。

後ろから店主が近づき耳元で囁いた。

「正真正銘、本物のカタマイトですよ」

「カタマイト？」カルタンがいぶかしげに尋ねた。

「神父さまだったらご存じでしょう。とても貴重なものだって。ここは神殿学校から一番近い村ですから、こんなものも手に入るのですよ」

「で、売り物かね」

「もちろんお分けいたします」店主は法外な金額を言った。

「まあ止しておこう」カルタンは軽くあしらった。

クリスは前夜の夢の中にも現われたカタマイトについて、後になってカルタンに教えてもらうのだが、本当に理解できたのはカルタンの死後だった。

クリスはカルタンと旅するうちに、訪ねる町や村の風景に見覚えがあることに気がついた。それらは神殿学校にあった〈旅のカード〉で見ていたものだった。

灯台があったり、帆船が泊まっていたり、あるいは遠くに島が見える海岸、さまざまな風景を描いたカードで、地平線の位置がつながるように描かれているため、組み合わせが自由で入れ替えればいつまでも旅が続けられた。

石造りの塔のある町から出発して海岸線を進むと、小さな島や凧を揚げる子供たち、あるいは街道を行進する兵隊が通り過ぎる。時には道端で争っている異形の者たち、寄り添って歩く逃避行の恋人たち。

まるで自分が小さくなってカードのなかを旅しているような感覚をクリスは覚えた。

——もし全てが終わったら。

すべては始まりもしないのに、クリスはそういう風に考えていた。

「もし全てが終わったら僕は神殿学校に帰って、あそこを支配できるような大きな力を身につけているかもしれない」

それ程までに神殿学校はクリスを苦しめていた。そして神殿学校から逃れられた自分であれば、何もかも可能になるのではないかと考えたのであった。

旅はまだ始まったばかりだったが、クリスは常に先のことを考えていた。

しかしそれは同時に、現在をおろそかにすることだった。

――この景色を、二度と見ることはないだろう。心に焼き付けておけば、また何か困難に直面した時、思い出して力になるかもしれない。などと成熟した人間が言いそうな言葉を口に出してみたりした。


旅の始めの頃カルタンに世話をやかれるのがわずらわしかったが、いつのまにか慣れてしまっていて少々横暴にもなっていったようだ。

さらにカードの中を旅している錯覚をたびたび楽しんだ。それ程までに風景は類型的であった。

〈自分〉が自分から離れ、外からカードを見るように自分を見ている、という思いを手に入れたこともあった。カードの中のクリスとそれを見るクリス。


そして教皇庁の馬車を見ることになる。

それは曲がりくねった山道を登りきり、視界が開けたときだった。その先に見えるもうひとつの山道に大きな象牙色の馬車がこの世には稀な輝きを見せていた。

「あれは教皇庁の馬車だよ。私と一緒に神殿学校に行った男が乗ってきたのだろう。あんな馬車で来たとはね。どこに隠しておいたのかな」

クリスは神殿学校に来た教皇庁の男をよくは思い出せなかったが、何だか世界にはとてつもない富や地位や組織があって、それは自分とは本来関わりのないものであるが、生きている限り時として関係してしまうことは避けられないのだろう。しかし今のところは、こんな風に遠く離れて臨むだけで済んでいるのはありがたいことだと思った。

象牙色の馬車はゆっくりと山道をくだっている。

「クリス、お前を捕まえに戻ってくるみたいだぞ」

そんなカルタンには珍しい軽口を、クリスはいつまでも覚えていた。

自分と親しくなろうという気持ちが現われていたし、今までのカルタンの印象からは意外な感じもした。そして、好ましくは思えなかった。

旅の目的地は、セウェルスだったが、それまでにいくつかの土地や町を通過した。例えば多くの塔がそびえる町。遠い昔この町の人々は天界にできるだけ近づこうと、塔の高さを競ったそうだ。

そう説明をしながら、カルタンは「天には何もない」とつぶやいた。

――そして、神もいない――クリスは心の中でつないだ。

カルタンはクリスの内心を見透かしたように続けた。

「塔を高くして、神に近づこうとするのは、いってみれば象徴的行為だ。高い所に神がいるのではなく、神というものののはかりがたさを距離に変えている。クリス、おまえには神はいるか？　いや、どんな神かは問うまい。どんなものでもいい。信じているもの、信頼しているものはあるのか？　もしあるのだったら、それを大切にしろ。なかったら、……そうだな、見つけろとは言わない。自然に見つかればそれでいい。死ぬまで見つからなくてもそれはそれでいいのだろう。神とは何かということも、いずれは考えなければならない」

岸辺以外の三方を山に守られて、その町はあった。あまり広くはない円形の窪地にたくさんの塔が建っていた。神の場所をめざす塔は、まずは周囲の山と高さを競わねばならなかったのだろう。そして今はほとんどの塔が朽ち、新たな建設もなされていないようだった。

カルタンは町の全景が見える場所で立ち止まり、クリスを呼んだ。

「ここに古い知り合いがいる。ちょっと変わった人間なのだが、ここに来てお前と一緒に会ってみたいと思ったのだ。ギゼラというのだ」

林立する塔の中で一番高いものにギゼラは暮らしているとカルタンは言い、ふたりはそこに向かって歩みを進めた。

目的の塔は大きく近くにあるように見えているのに、なかなかたどり着けないようなもどかしさがあった。

道には多くの人々が行き交っていた。クリスが見たこともない姿形《すがたかたち》の人間、聞いたことのない言葉、すれ違いざまに鋭い一瞥をこちらに与える輩《やから》。重そうな荷物を引きずりながら連れと大声で言い合っている商人。杖を振り回しながら一ヶ処を見詰め速足で歩く老人。身を寄せ合って何か困ったような顔付きでゆっくりと歩みを進める初老の男女。

古び崩壊しかかっている町には不似合いな活動が見えるようだった。

自分とカルタンは人々にどう見えているのだろうか、クリスは思ってみた。

主人と稚児《カタマイト》？　この町に来た人々はこちらに関心など持ってはいまいし、たとえ持っていたとしても様々な文化の交流する港町《ここ》ではこのような通俗な印象が適当なところだろう。そう思いはしたが、クリスはカルタンとの実際にはない関係を認めてしまっている自分自身にちょっと驚かされた。

　歩みを進めるうちに、塔にはようやく近づいたが、平たい建物が土台のように塔の下部を被っていて、まずはそこに入らなければ塔には登れないようだ。

「ギゼラは私の親代わりだった――」とカルタンは入り口を抜けながら言った。「――それにしても変わったな。いや、この塔もこの町もそれ自体は変わってはいないが、時の経過が速すぎるように思えるのだ。どうだ、二十年そこらでこんなになるものだろうか？　ギゼラに会うのは二十年振りになる。ずいぶん年をとっただろうな。彼女に預けられなければ、私は全く別の人生を歩んでいたと思う。幼い私をギゼラは愛してくれたのだが、私の方は十分にギゼラの期待に応えられなかったように思うのだ」

　塔の土台になっている家の内部があきらかになると、ふたりの目は何もない空間をさまよった。

　そこは無人で、天井に近い壁に小さな窓が穿たれているが部屋の隅々までは光が届かない。薄暗い空間はかなりの広さがあるようで、材木や縄の類いが無造作に置かれ、遠くに階段の裏側らしき柱が階上へ消えてゆくのが見えた。

た。

「たぶん最上階《うえ》に居るのだろう。昔からそうだった」

カルタンは部屋の奥に進み、丸太に溝を彫った階段を上りだし、クリスもあわてて後を追った。


塔の最上階の小さな部屋でギゼラは椅子にかけて、いつものように記憶にある過去の情景をまるで絵のように眺めていた。頭の中にはいつも見てしまうおなじみの絵もあれば、記憶の奥ふかくに迷い込んでいて、あたかも今発見したかのような錯覚を誘うものもある。

例えば、母と歩いた早朝の浜辺の光景がある。

まだ夜明け前で風は強く冷たく、時として舞い上がった砂粒が身体を刺した。日の出を待つうちにうっすらと水平線が明るくなり、溶鉱炉から取り出したばかりの金属球のような太陽が現われる。

母は昇りつつある太陽の方を見つめていた。周辺は明るくなり、母は持っている紙片をギゼラに示した。

「明るくなったけど、やっぱり読めないわ。あなたなら読めるでしょう。読んでみて」

幾度となく読んだギゼラにとっても、もちろん母にとっても、それは読む必要もないものだった。

朝日のなかで、ギゼラは砂浜に打ち上げられた貝殻を拾っていた。壊れていないものは宝貝だったから、それればかり拾いながら、いつか欠けていない骨貝を見つけたいと思っていた。

母とふたりで流刑のように遠くに追いやられてしまったという思いはギゼラにもあった。海岸の近くに住む前、ふたりは『幸福の谷』に住んでいた。そこは夕陽のきれいに見える場所で、こんなことが幸せなのねと母が言っていたことをギゼラは覚えている。

「こんなこと」とはこんな平凡なことなのか、こんなまれなことなのか、ギゼラにはわからなかったが、そこでは二人でよく夕陽を見ていたことは確かだった。

夕陽は日によって全く違い、その色においても、光の差し具合においても、おそらく似たものはあっても同じものはあり得なかった。

時にはあまりにも鮮やかな色でこの世のものとも思えない誰も考えつかないような色が、あからさまにと言ってもいいほどに西の空の大部分をおおい、こんなことがおこる世の中はどこか異常に違いないと思ったりもしたのだった。

『幸福の谷』での夕刻、夏の終わりなどに真っ赤な太陽が谷の周りを染めるころ、教皇庁の大きな建物が眩しい光に輝いて文字通り威光を放つことになる。谷底から見上げると逆光によって輪郭が燃え、まるで教皇庁が終焉を迎えているようにも見える。

そんな夕刻、ギゼラの母はギゼラに教皇庁の話をするのだった。

『教皇さま』の寝室の、ひとが立ったまま入ることのできる大きな暖炉の話。

いつも高いところから監視し、小言ばかりの口やかましい『天使』の話。

女達を支配する野蛮で恐ろしいキハーダの話。

何年かして、ギゼラが実際に見るまで、母の話は現実とは少し違う誇張された情景をギゼラの頭の中に描き出していた。

キハーダはペンギン鳥のような小さな男で、怒ると手がつけられない狂人みたいになってしまうのだ。黒い弾丸のように廊下を走ってきて、だらしない女達を怒鳴りつける。その甲高い声と相まって、どこからともなく現われる神出鬼没ぶりが女達を怖がらせた。さらにキハーダは毎晩女を選び床を共にする権利を持っていた。キハーダの陰茎は腕のように太く、精液は濃い。そしてキハーダの特殊な精子を受け入れる女を探しているのだ。まるで救世主の生まれ変わりを探すように。

母の話に出てきた人物が実際に家に訪ねてきた時にはギゼラは驚いた。間近に見るキハーダは母の話す戯画化された小男ではなく、たしかに身長は低いが立派な紳士だった。

キハーダは世慣れた様子で、ギゼラの前で身をかがめた。

「こんにちは、ギゼラちゃん。キハーダといいます」そして笑いながらこう言った。

「大きくなったら教皇庁に来てくれますか。来てくだされば何でもさしあげますよ。甘いお菓子、南国の果物」

もしかして、あなたはお父様？　とギゼラは思った。もちろん本気ではなく突然思い付いた考えだった。

母はギゼラをキハーダから離し（お行儀が行き届かなくてごめんなさい）二人だけで『大人の話』をはじめたつもりだったが、ドアの向こうのギゼラにも会話の一部は聞こえていた。

「俺はね」とキハーダは告白する。「自分の欲望が本当は恥ずかしいのさ」

「欲望って？」

「まるで身体に何かが巻き付いて動けなくなってしまうようだ。それを外さなければ何も出来ない。自由になることしか考えられなくなっちまう。こちらから求めるというようなものではなく、自分に振りかかった災いを取り除くという感じだな。快楽というより不快の除去だ。欲望というにはちょっと違和感がある」

「まあ、何を言うかと思ったら……。仕方ないじゃないの。それはあなたの職務でしょ。で、どうなのよ、見つかった？　擬態可能な身体」

「いやまだだ。はっきりとは言えないが、まだだと思う。わかるとしてもずっと先だろう。考えてみるととんでもない仕事を俺はやっているよ。教皇庁のためだとしてもね」

「あなたはおそらく気がついていると思うの。必要な身体《からだ》は実はずっと身近にいるのじゃないかって」

「ギゼラのことだね。血は争えないものだ、と言わせたいのかね。以前からそんな結果は当たり前すぎて口にするのも恥ずかしいと思っていた。大人になるまで待つ事ができればいいがね。その頃には俺はもう何も出来なくなっているだろうな」

「時々ギゼラの身体のなかに別な生き物が見えるような気がするの。それが何だかわからないけれど、ひょっとしたら、それがギゼラの本体なのかしらって思うこともあるわ」

「別な生き物はこちらの話さ。時々、年老いた自分のことを考えるよ。するとね。射精をしない快楽を知らなければならないと思うのだ。女と合体してもちろんその前に色々あるだろうが、結局目的であるところの合体をして、からだを動かして刺激を与えて射精してめでたくお仕舞いというのが今までの俺だった。でもね、年齢を重ねると無理に最後まで走らなくても良いような気がするのだ。過程を楽しめば最後に至らなくても良いのではないかとね。あるいは極端な話、まったく性交なんぞをせずに育んだ愛こそ価値があるとね」

「キハーダ。本当にあなたの言葉だとは信じられないわ。でも良いことね。俗に徹して高みに至るってこと？」

「さあどうだか。疲れちまっただけかもしれないが、あるいはそろそろ俺に宿った精霊が肉体を捨てる時期になったのかもしれない」

「あたしがギゼラを身ごもったとき、とても嬉しかったわ。これで教皇庁への足がかりが出来たってね。本当になんて長い時間なのでしょう。娘のためだったら何でも出来るような気がするの。あたしが叶えられなかった願い、後年《あと》から知ったいっそう良い人生の方法、そして娘はあたしを超えて、さらにその先に行って欲しいの」

「俺は思うのだがね。性交ないし交接というものは必ずしも必要ではない。それぞれが単独でつくった精子やら卵子やらを合体させる方法は別のやり方でもいいのではないかとね。そうするとどうなるかわかるかね？　血統やら血縁が、交接なしで維持できることになる。さらに、男女の精子と卵子とを合体させなくても成長は可能になるのではないかとも考えている」

「精子は小さな男、卵子は小さな女、ならば合体させなくても大丈夫ってこと？」

ギゼラにも、途切れ途切れだがふたりの会話が聞こえ、いけないと思い急いで耳を押さえた。

そして、

（また過去にまぎれこんでしまった。はじめからやり直さなければ）ギゼラは我に返った。

（はじめはそう、ふたりの足音からだ）

（人が来る。ふたりの人が）現在《いま》の感覚がギゼラの〈頭の絵〉の一番表に浮かび、それが夢想を封じた。

実際に今起こっていること。今自分が対処しなければならないこと。それが何かギゼラはわからなかった。

母と海岸にいて、風に吹き飛ばされそうな母のショールを押さえてあげるべきか、キハーダのあからさまな言葉が届かないように自分の耳を押さえるべきか。

——それとも塔に侵入した人間をどう処理すれば良いのか？

そう、今ふたりの人間が塔を登りこの部屋に入ってきた。階段を隠している薄い木壁がわずかにたわみ（どちらかが手を掛けたのだろう）、ふたりは姿を顕わした。

ギゼラの混乱はまだ完全には治《おさま》っていなかった。カルタンは年齢《とし》を取ってしまいすでに若くはなかったのに、若者の方をカルタンだと思ってしまった。

ひとりはカルタン、もうひとりは誰？　戸惑っているあいだに『もうひとり』が言葉を発する。

「ギゼラ！　逢いたかったよ。元気そうじゃないか」

ギゼラはさらに戸惑った。自分に声をかけた人間が、親しい者のように話し掛けてきたからだ。この人はぬけがらだ、ギゼラは感じる。まだかろうじて形を保っているが中身はない。いずれ外側が朽ちてしまえば何もなくなるだろう。中身のない外側だけで出来た身体がくねくねと壊れてゆくのが見えるようだ。

ぬけがらは言葉を続ける。「約束通りここに寄ったらギゼラあなたが居てくれた。当たり前かもしれないが、この世がまだまともだという証拠だ」そういうとぬけがらはギゼラの身体に両腕をまわし力一杯抱きしめた。

「ああ、ギゼラ、ギゼラ、ギゼラ。痩せたみたいだね？　こんなに細かったかしら」

ギゼラは男の身体の重みを感じた。ぬけがらではなく実体のある硬い骨や肉を感じた。

「あなたはもしかしたらカルタン？　そうね。大人になったのね。あの泣き虫のカルタンが……。で、こちらは？」

「ギゼラ、なにを言っている。この前別れたのはいつだ？　私が教皇庁に入った年ではないか。こちらの若者はクリス。新しい助手だ。神殿学校から来てくれた」

「私は待っていたの。私はずっと待っているのよ。いろいろな人が帰ってきたり、いろいろな物事がおこったり、世界は動いているわ。いまにこの塔も倒れてこの町もなくなってしまうような気がするの。西の方では野蛮な気持ちがとても高まっている。その気持ちが海を渡ってどんどん押し寄せて来るのがわかるの。カルタンあなたも気をつけなさい。これからは、あまり良いことは起こらないわね。今まで変わらなかったもの、確実で確固としていて他のものを計ったり比べたりする基準になっていたもの、そんなものが当てにならなくなる時代が来るのよ」

「それは私も感じている」カルタンが言った。「そもそも教皇庁の連中は腐敗している。こんなことは言いたくないが、敬虔な気持ちがなくなって、ただの商人のように神にまつわるものを売り、さらには自分たちを守ることに熱心だ。私が居た頃は尊敬できる教師、とても自分はかなわないなと思わせるような高位の聖職者が居たものだよ。ああいった人々が今は少なくなった。そして神父の顔付きも変わってしまった」

「野卑にね。もう信じていないのよ」ギゼラが言った。カルタンはうなずいた。

――そろそろ遠眼鏡を見ましょうよ――ギゼラの心の囁きがカルタンに届いた。「遠眼鏡はどこにある?」

「こちらの窓に据えてあるわ」大きなレンズが青銅の窓枠に沢山のボルトで取付けられていた。ギゼラの背後の窓にそんな細工がしてあった。周囲のガラスと比較して中心部に取付けられた円形のレンズは明らかに光の屈折が異なり、歪んだ世界がそこに現われていた。

「遠眼鏡をごらんなさい。顔を近づけるの。もっと。あなたの頭で隠れるように。ゆっくりと焦点を合わせて。少し遠くを見るの」

カルタンにとっては、はじめての経験ではなかった。幼いとき、まだ教皇庁になど行ったこともなかった頃、ギゼラにこの遠眼鏡を見せられた記憶がある。その時のぞいた遠眼鏡にはぼんやりした暗闇が映っていた。ギゼラの、少し遠くを見るようにという言葉で幼いカルタンはちょっと焦ってしまって、明瞭なものは何も見えなかった。しかし大切な儀式を台無しにしたくなかったから、何か重要なものが見えなければならないと思ってしまった。もし見えなかったなら、虚偽の報告すら辞さない気持ちだった。その所為なのかもしれないが、目を細めると人の輪郭のようなものがぼんやりと見えてきた。明瞭ではなく、見ている側の意識が無理に形をつなぎ合わせた結果であることは否めない。それでも目を凝らすと、何やら大きな顔のようなものが現われてきた。横に長く、赤ん坊のそれを何倍にも拡大したような顔である。皮膚はきめ細かく柔らかそうであるが、ともかく大きい。辟易しながら見ていると、まるで蜘蛛人間のように、顔に直接手足が付いているように見て取れた。

これはよくない、とカルタンは思った。やっかいなものが見えるよ。

あなたのなかに巣くっているものよ、ギゼラが言った。何て言ったかしら？　名前があったはず……カタマイト？　ホムンクルス？

そんな過去の顚末を思い出しながらカルタンは遠眼鏡をのぞく。

遠眼鏡に映っているのは、セウェルスの教会の地下室だった。地下室の床は隣接する湖の水が半分ほど浸入し、池のようになっている。その水は澄んではいるが底は沈殿物でおおわれている。そして灰白色の沈殿物のなかに小さな人間が見えた。小さな人間は目を閉じ、均整のとれた身体を水の中に横たえていた。精霊のような高貴さと儚さをカルタンは感じた。生き物は水中にもかかわらず目を開き、声を使うことなく両肩を少し揺らしながら、カルタンに話しかけてきた。

「カルタンさん、もうすぐ会えるよ。今はお互いに違う世界にいるけど、いまに同じ世界に暮らすことになるよ。楽しみだね」

そう生き物は伝えると目を閉じ動かなくなった。

カルタンは旅の途中から、セウェルスに帰ることに不安を抱いていた。自分の留守中とんでもないことが起こりはしないかと心配していた。何も根拠のない、理由のない不安がカルタンを悩ませていた。例えば、自分の留守に教皇庁の連中が教会を見にこないだろうか？　カルタンは誰にも見せたくないものをたくさん所有していた。特に教皇庁関係者に見せたくないものに地下室の水溜まりがあった。

「これはお困りでしょう」彼らは真実を知らないから、こう言うだろう。

あるいは「水漏れの箇所を特定できますか？」などと。

そもそもカタマイトが存在しなければ教皇庁は存在しなかった。それがいつしか忘れられ嫌悪されるようになってしまい、おおっぴらには口にするものは少なくなり『よからぬもの』という評価が定着してしまった。

しかし、とカルタンは思う。神を学ぶのならその起源を考えることは不可欠だ。少なくとも教皇庁に籍を置いているものは、カタマイトのことを避けて通ることは出来ないはずだ。そんな重要なものが自分の教会にいつごろからか住み着いているという幻想。遠眼鏡に映る光景は自分の心の光景かもしれなかった。

「どう？　わかった？　これからのことが」ギゼラの声が聞こえた。「あんたは間違いはしそうにないわね。でも意外なところでとんでもないことに巻き込まれる感じもするわ」

気を付けるよ、とカルタンは言い、視線を下げクリスを見た。「さあ、〈過去の私〉も未来を見てみるかい」

クリスは見たいと思わなかった。しかし窓の方向から、引力のように引き寄せる力を感じた。そちらでは〈遠眼鏡〉が渦巻きを宿していた。レンズの中心に向かって光の輪が回転し、暗闇の中を突き進んでいく。まるで誘っているようで、近づいてみると自分の影がレンズに映っていた。しかし、よく見ると小さな影はカタマイトだった。

「こっちだよ、長生きさん。あまり長くは話していられない。君はまだ子供で長生きするから有り余る時間があるけどね。驚かないように今ちょっと話しておくよ。人の出会いと別れのことさ。近いうちに君に入って、君は父を取り込む。そんなことが起こると言っておくよ」

カタマイトの声は低くなったり高くなったり一定しなかった。クリスには、そのことが真実性を裏付けているような気がした。気がつくとカルタンが傍らに居て、軽く背中を触っていた。遠眼鏡には自分とカルタンが写っていた。もうカタマイトの姿は見えなかった。「大丈夫だよ」とカルタンが言った。何が大丈夫なのかわからないが、自分が頼れるのはこの神父だけなのだと思った。セウェルスはまだ遠く、そこに着けばもう少し落ち着いて考えることができると思った。

「鳥よ、鳥」ギゼラの甲高い声が突然響いた。「ここしばらく鳥の群れが目立っていたの。いろんな鳥が群れを組んで旅立ってゆくのよ。必ずこの塔を回って別れの挨拶をするの。ご覧なさい、とびきり大きな鳥の群れが見える？　いつもの年とは違うわ。鳥が何かを察知して逃げている気がするの。嫌なことが起こるのよ」

「戦争？」

「天災、戦争？　いずれにしろ、ろくなことじゃないわ。あなたがたも早めに帰った方がいいわよ。あなたは目的を果たしたのだし」

「私はクリスという良い少年と知りあえた。ギゼラ、あなたが私を遇したように私もクリスを遇しよう。そして生涯の時間を超えて何かを伝えることが出来れば、それで十分だ」

カルタンは少し言い過ぎたのではないかと思った。頭の中ではセウェルスの教会でクリスと暮らす光景がちらつき、それを喜ぶ自分が嫌だった。

「鳥が……」とギゼラの声がした時、数十羽の鳥が塔を撫でるように滑空し、その中の一羽が窓に追突した。嘴がガラスを砕きその衝撃で鳥は飛ばされた。

「悪魔の鳥よ。偶然なんかではなく私を狙っている。キハーダは鳥になっても執着を捨てきれないの。哀れなものね。カルタン、あなたも気を付けなさい。欲望は限りがなく結局は自分を滅ぼしてしまう。これからいろいろな事を神さまが試されるわ」

クリスは恐怖におののきながら鳥のあけた穴を見た。ぎざぎざの穴から周囲にひび割れが走っていた。はね返った鳥は塔の下にも見当たらず、クリスは少し安心した。そして視線を移すと沢山の塔の背景に藍色の海が見えた。空は霞んでいたが遠くで海と一体になっていた。

「カルタン、海が見えるよ」

「そうだ。海に出ればセウェルスは近い。新しい教会がお前を待っている」

水平線を越えればセウェルスに着く、クリスは屈託なくそう思った。

「カルタン、またおいでよ。生きていたら歓迎するから」ギゼラが別れを切り出した。

「そう、このくらいで別れるのがいいのだろうな。ギゼラ、本当にあなたには感謝しているよ。私が今こうしていられるのも……」

「人生は一通りしか生きられないのよ」ギゼラが遮った。「あなたも私も今あるようにしか成れなかったの。そこの坊やも同じね。ただ残されている時間が違うけど……。お別れは言わないわ。港に行くのでしょ、海の隔たりは時間にしてどのくらいになるかしらね。この町の塔が根こそぎ倒れてしまっても、あなたの美しい村にそのことが伝わるのは何年も先」

ギゼラは戦争のことを言っていたのだ。そして距離と時間のことを。

カルタンとクリスはもう一度窓から外を眺めた。多くの塔、鳥のあけた穴、それらの印象は未整理のまま階段を下る。途中の階は雑多のものが置かれた倉庫のようで、暗がりの中に積み重なった品物のなかには椅子や机などと認識できる家具《もの》もあった。どこかの階のどこかの暗がりに、ギゼラの話したキハーダが隠れていやしないかとクリスは少し心配した。

地上では門柱につないでおいたロバが何事もなかったように待っていた。カルタンは笑みを浮かべ首の付け根を撫でてやった。

先程見た町外れの港まで、真直ぐな道が通じていた。港に向かう人々、港から町の中心部に向かう人々、二つの流れが道を埋めていた。気の所為か磯の香りがした。

港からこちらに来る人々はほとんどが兵士だった。戦場からの帰りらしく、安堵と疲労感とのないまぜになった表情が目を引くが、片腕の無い者、足が利かず大きな杖をついて身体を振り回すようにして歩く者、両足が無く四人の担ぐ輿に乗っている者もいた。また、褐色に変色した包帯で顔を覆っている者、虚ろな眼窩を白い骨の輪郭まであらわにしている者など、壮絶な戦場を想像させた。

クリスはカルタンの顔を見上げた。それに気付いたカルタンは、ゆっくりとうなずいた。世の中には悪は存在するが私が守ってあげるから安心しなさい、と言っているようにクリスには思われた。

威嚇するような鳴き声が港の方から聞こえてくる。曇り空にカモメの白さが際立っていた。港から船に乗ることで新しい世界に行くのだという思いが鮮明になった。クリスは疲れていたので、ともかく落ち着けるところにまで一刻も早くたどり着きたかった。

港の領域に入り積み荷関連の設備を備えた建物が並んだ区域に来ると、青いタイルで飾られたひときわ美しい建物があった。

カルタンはそれを『青色会《カエルラ》の建物』と呼び、クリスをうながして建物内《なか》に入った。

入口広間から見渡すと建物のずっと奥まで廊下や部屋が続いていた。しかし、人の気配はなく、さらには建物内に川が流れていた。飛び越えることがかろうじてできるくらいの幅で、ところどころにアーチ状の橋が架かっていた。

「ここは全ての交通を司る組織さ。セウェルス行きの船を聞いてみよう」

人がいないのにどうするのだろうか、と思ったが、橋のたもとにある小さな囲いから詰め襟で毛羽立った服を着た係員が現われた。丸い硬そうな帽子をかぶっていてそれも黒色だった。

「お役に立ちましょう」と低い声で囁いた。

「セウェルスにふたりで行きたいのだが、さらに表にいるロバも」

「今出発の便がありますが、これは無理でしょう。次の便なら悠々ですし、今のところお客様方だけです」

「それでお願いしよう。今の便は混んでいるのかい」

「旅の一座が乗っていますからね。運が良ければ座興が見られるかもしれませんが、あいにく満席です。次の便には十分に余裕があります」

　このようにして、クリスとカルタンは船上の人となった。

　小さいけれども綺麗な帆船で、本当にふたりだけが乗客だった。港を出ると太陽が雲の間から見えてきた。甲板も気持ちの良い場所だった。

「クリス、お前の神殿学校からの旅もお仕舞いに近づいた。このように船に乗ってしまえば一安心というところだ。私は今はじめてお前に心の真実を語ることが出来ると思う。神殿学校ではじめてお前を見た時、私は昔の自分を見た気がした。そして昔の自分だったらどんなふうに遇されることを望んでいたか、その通りにやってみたいと思ったのだ。昔の自分を今の自分が育てる、そんなふうにね。

　私もまた神殿学校のような場所で、教皇庁に入るための特別な教育を受けたのだ。本当はそのような待遇を得られたことはとても幸福で、感謝しなければならないのに、当時の私はそんなことも解らなかった。自分の幸福を当然なものとし、世界に対する疑問や不満を抱いていて、さらにはそれを育ててきたのだ。そして自分が思う通りに振る舞ってきた。これはごく普通のことだと思われるかもしれないが、今の私にはなかなかできないことだ。人との関係、思いやらなければならないことが年を取れば肌に皺が刻まれるように増えてくる。私は教皇を頂点とするこの世界の恩恵を受けていながら、それを否定していたのだ。……根本にあるのは神の問題だ。神の存在の問題。もし存在するのならどのようなものなのか、存在しないのなら、誰が何のために創ったのか……。

現在、神は存在することになっている。そうでなければ教皇庁は存在出来ない。教皇庁がある限り神は存在する。

「クリス、驚かせてしまったかな」

クリスはカルタンが神を信じていないということは、旅の過程でわかっていた。それは表面上敬虔なふりをして、実際には神聖なことなど何一つ考えていない神殿学校の教師達の信仰のなさとは違っていた。むしろクリス自身が密かに思っていた神への疑問が高じれば説明できないことがあまりにも多くなり、ついには無神論に行き着く過程に驚きはなかった。

甲板では時が止まっていた。夕方の心地よい大気が二人を包んでいた。

クリスは船室で眠ろうとしていた。カルタンの規則正しい寝息が聞こえていた。心の中にわだかまっていた問題をカルタンは吐き出したのだった。そうクリスは理解して、カルタンの安らぎを喜んだ。そして自身も無意識の世界に引き込まれて行くのがわかった。それも時々現在に戻るのだが、過去に戻って嫌な思いを再び味わうのは、当時は気付いていなかったいっそう悪い面に心が向かうからであって、それはとても苦しいことだった。しかし終わったことはもうどうにも出来ない、と自分自身に言い聞かせ耐えるのだった。そのうち自分の居る時間に確信が持てなくなり、まだほんの子供だった頃、母親に手を引かれて山道を登ったこと、神殿学校での日常、そんなひとつひとつの場面が客観的に自分をも俯瞰した光景で浮かんでくる。その中にまだ見たことのないセウェルスが、明日になればそこに着き、安定した新しい生活が始まるセウェルスの光景も見るのだった。

川を遡り草原に到り、そこではじめて川を渡る。草原は進むうちに林に、さらには森となる。鬱蒼とした木々の間に、かすかに幻のように尖塔が見えてくる。近づくと、塔を備えた教会とそれに接した湖が見える。そして湖に映る教会の窓の奥で老人が横たわっている。老人は微睡《まどろ》んでいる。

――ここは好いところだ。静かな好いところだ。死に場所にしたいくらいだ。しかしカルタンが帰ってくるだろう。もしも帰ってこなかったなら？　いかん、いかん、そんなことを考えてはいかん。カルタンは帰ってくる。多少遅くなるかもしれんが、ここしか帰るところはないからな。それまでの間、楽しもう。うまくすれば、カルタンが帰る前にここで死ねるかもしれない。

――墓地は好いところだ。ここの墓地は特に好い。ああ、生きるということはどういうことなのだろうか？　今まで生きて話していた人が居なくなってしまう。すると、その人の存在は何だったのだろうか。いずれ居なくなるのなら、最初から居なければ悲しまずに済むものを。

――墓地のない人々もいる。肉は朽ち、骨は溶け、大地に帰る。魂だけが召される。長生きした所為で先輩、教師はもちろん、友人もみな魂になってしまった。

――ただ祈りなさい、と言っていた先輩の安寧を願って祈る。祈るうちに神がはっきりと見えてくる、と言っていた。しかし自分は徳がないからいまだに神が見えない。祈り続ければいつか神が見えると思いながら祈ることができるだけだ。

――水の音がする。たぶん地下室の水が流れ込んでいるのだろう。この教会の地下室は湖とつながっている。耳を澄ますと水の音が変わってゆくのがわかる。初め床に撥ねる高い音であったものが、水溜まりに落ちる静かな低い音に変わっている。

——部屋は水浸しだ。ベッドの下にまで水が波打っている。濁った水から泡が次々と浮かび動いている。呼吸している生き物がいる。

——そいつは突然顔を出した。驚いたことに神父の服装をしていた。おかげで夢だとわかったが、どうも顔に見覚えがあった。昔見た気がする。生き物はこちらに向かって話しだした。

——懐かしいなリュシアン。私がわかるかな。復活できたはいいがこんな姿になってしまったよ。どんなものだろう。汚れ無き小児か？　笑ってくれたまえ。復活も善し悪しだな、君も気を付けたまえ。

（先輩の修道士が幼児のように、いや胎児のようになって水溜まりから現われたのにはリュシアンも驚愕した）

——この教会に伝わる秘儀だよ。死の直前に魂を取り出し、ホムルスに移す。すると復活できるのだが。果たして永遠の命とつき合う術《すべ》が人間にあるのだろうか？　いったい霊魂の連続だけで不死といえるのだろうか？

そう言うとそいつはまた水の中に消えた。老神父は考え事をしながら眠ろう、いま提示された問題は格好のものだ、と思ううちに寝息を立てはじめた、カルタンのように。

クリスは夢の中でリュシアンが褒めた教会の墓地に移動した。

墓地は教会の側面に広がっていた。名前の知らない木々に囲まれ若葉の明るい緑が居並ぶ墓石を明るく彩っていた。墓石は古いものがほとんどで朽ちているものも多かった。死者の栄光を知らしめようと作ったはずの碑も時の力に屈服していた。

クリスは墓石に記された文字をたどってみたがまともに読めるものはなかった。

ふと見ると数歩先の墓の前に、クリスに背中を向けた老神父が何かに気を取られているように立ちすくんでいた。

やはり神父がいた、とクリスは思った。「神父さんリュシアン神父さん」声をかけると神父は振り向き、唇に人差し指を当て沈黙をうながした。

「クリスさんですね。御覧なさい。女の子が人形を土に埋めています」口に手のひらを添えてかすかな声で、その老神父はクリスに言う。「フェリシテ——あの子の名前ですよ。人形とのお別れ、お葬式です。もう人形を相手にする年頃ではありません。人形は役目を終えてしまったのです。いうなれば死です。長年愛した人形を土に埋めています。もう埋め終わるところです。おそらく場所の記憶《おぼえ》に石を置くでしょう。ほらね、こんもりとした黒土の上に緑色の石を置いたでしょ。お墓が出来ました。しかし、正確に言えばこれは人形のお墓であって、同時にホムルスの生まれる場所にもなるのです。少し時間が経つと墓石が揺れてホムルスの誕生です。この場所、セウェルスの水には何かがあるのです。いや何かが居るのかもしれませんが、そして生まれたホムルスは無垢です。何でもない状態、何にでもなれる状態。そのホムルスに大切な命を注ぎ込むのがセウェルスの教会の仕事なのです。唯一この教会だけが許されている秘儀なのです。クリスさん、あなたはすでに御存じでしょ。カルタンさんから聞いているはずです」

夢の中とはいえリュシアン神父のしゃべり方、粘着的で年齢に不相応な、幼稚で耳障りなしゃべり方がクリスには気になり、その内容にまで理解が及ばなかった。下層の人間を相手にしてそれにふさわしく、と思ってこんな言葉遣いをしているとしたらさらに不快なことだ。クリスはリュシアン神父の呼びかけに対し「僕は知りません。僕はわかりません」と繰り返すだけだった。

——僕は知りません。教会の秘儀、フェリシテという名の少女、人形の墓。

——僕はわかりません。どうしたらホムルスがカタマイトになるのか。

——いや、何も知らず、何もわからず、僕はセウェルスに行くのです。

クリスはセウェルスの教会から空を飛び森を越え川を越え海上を滑り船にもどった。

身体は船室のベッドにあった。カルタンの規則正しい寝息が聞こえていた。

＊

ポレは考える。日々の生活を考える。予定はない。しかし日々は過ぎる。過ぎる日々をそれなりに消化しなければならない。予定があればそれが消化すべき事柄となる。しかし、何も予定がなければその日の目標がなくなってしまう。もし自分が皇帝だとしたら、以前のように『皇帝』であったのなら、こんなことは気にかける事柄ではない。考えもしない。

時が移り舞台が廻って、人生の皮肉のような『事故』が起こり、ポレは（贋ではあったけれども）皇帝とは呼ばれなくなってしまった。アルからポレに名前が変わり、はじめて日々のことを思うようになった。

ごく稀に、（この前のように）知人に招待されることもある。するとその日の予定は埋まり、目標ができる。知人との歓談を楽しく果たすことが目的となる。現在戦争中なのに優雅なことであるとポレは思う。戦いが始まってから長い年月が経つのに、まだこの都には戦争の気配はみじんも感じられないと人々は言い、伝え合い、安心する。

集まりに招待されれば酒や食事は付き物だ。親しくなり好きになった人と二人きりで話したくなることもある。話さなくとも一緒に居るだけで嬉しい相手はそんなに多くはない。相手がそう、桃英《とうえい》だったら、肉体に問題のあるポレでさえ（この前のように）官能的な時間を過ごすことができる。

しかし桃英に代表されるような女は、男が作ったものだとポレは思う。女だけの国があったのならおそらく存在しないだろう。機会があれば桃英の意見を聞いてみたい気もする。桃英の魅力はその作られたところに存在しているのだから、存在の根本を問うような質問に桃英は答えられないだろう。もはや伝説にまでなってしまったある種の女性の一連の所作や身のこなし、そのようなものを作り伝えることがなかったならば、人間は人間にすら成れなかったかもしれない。

男が魅《ひ》かれる女、女が魅かれる男、〈人間にとって一番役立つのは人間だ〉と何処かに書かれていた。そして人間を滅ぼすのも人間だ。滅ぼされるのなら、桃英に滅ぼされてみたいものだ。既に自分は幼少時から桃英の影響を受け、戦場から戻ってからも、新たな形式《かたち》で桃英の影響を受け続けている。死が新しい世界をもたらすなら、その相手は桃英以外にありえないだろう。

人はその時々に接する相手によって違う人間になる。しかし本当の自分は常に確固たるものとして存在し、カメレオンのように周りの環境によって変化する自分はあくまで表面だけの仮の姿であり、その仮面《ペルソナ》さえ取り払えば本当の自分があらわになると思いがちだ。しかし、接する相手や環境によって変化する個々《ペルソナ》の自分も、まぎれもなく純粋な自分なのである。戦場のアル、この燕《つばめ》の町のポレ、変わった部分、変わらなかった部分。いずれにせよ命は続いて行く。

舟に乗る。穏やかな流れに身をゆだね運ばれる。身体が心地よく揺れ動く。時として大きく曲がるが翻弄されはしない。

時が経つ。

「お客さん、着きましたよ」声がする。垂楊亭《すいようてい》に舟が着いたのだ。

春の川はまだ快適である。川遊びは今のうちだ。もう少しすると湿気が強くなり、着衣が肌にまとわりつくようになる。睡蓮の花を見るのもいいが、そのころには蒸し暑い夏がすぐそこまで近づいている。

鶯《おう》氏はすでに垂楊亭に着いていた。奥まっているが窓越しに入り口が見渡せる席に座り、書き物をしていた。

ポレが向かいの席に着くと鶯梅殊《おうばいじゅ》は軽く会釈をし「二人だけで会うのは初めてかもしれないね」と言った。「いつぞや大仕事をお願いした時も、いろいろな人間が取り巻いていたからなあ。それでまた久しぶりにやってほしいことがあるんだ。以前のように危険が伴うことはない。調べ物だよ。きみの人脈を利用して調べて欲しいんだ。この川に関することが発端なのだが……」

鶯梅殊は『我有鼓腹之閑話』と書いた半紙をポレに示した。

「我、鼓腹《こふく》の閑話あり、だ。わたしのような歳とった者には無駄話の蓄えがあるものだ。始めようか。

川は水の流れだから、水にかかわるさまざまな不思議が発生する。水が人間の身体の多くの部分を造っているからだろう。わたしは子供の頃、死んだ父の姿をこの川で見たことがある。七年前に死んだ父は、わたしの記憶よりずっと若い姿で対向する船の舳先に立って、作り物のように身動きもせずまっすぐ前を向いていた。前を見つめていたと言いたいのだが、こちらからはそれはわからない。目は開いているが周囲を見てはいない様子だった。冥界の渡しを思わせる父の船はわたしの乗った船とすれ違い、霧の中を静かに去って行った。改めて見ようとしたが霧に阻まれて叶わなかった。それがどういうことなのか未だに判断がつかない。おそらく単なる眼の迷いだったと考えるのが一番妥当だろう。そして幼い想像があたりの風景を飾り立てたのだろう。記憶そのものも時の経過に伴って劇的な形に傾いたのかもしれない。

それはともかく、この都市の交通は川で成り立っている。大昔からある川。土地を削って古い川と通じた新しい川。貴族の館の裏口に通じる秘密の川。縦横無尽に川は走り大きなおおやけの川から小さな個人の船着場に通じる小さな川までさまざまな川をたどれば、この都市をつらぬいている碧江《へきこう》に通じている。その碧江に最近見慣れぬ船が現われるというのだ。奇妙な形《か》態《た》のこの世のものではないような大型の船だと目撃した兵士が言っていた。日没の地《オクシデント》から来るのではないかというもっぱらの噂だ。川筋は幾重にも分岐し遡ればきりがない。どこがどこにどう連結しているのか、完全な地図のようなものは存在しないし、熟知している者もいないだろう。どうだい、興味を感じないかね？」

ポレの頭のなかには迷路のような俯瞰図が浮かんだ。その線は一定ではなく震える指で砂に記したように乱れていた。

鷲氏は続けた。「いや、いや、これが戦争に関係した事象かどうかなのだが。君も知っていると思うが、川の交通は昔から青色会《カエルラ》という組織が司っている。あそこは歴史の古い独特の組織だ。しかし、偶然にも君の縁故者に青色会の関係者が居るというじゃないか」

そういうことだったのか、とポレは理解した。鶯氏が欲求を出しポレが叶える。一種被虐的ともいえる関係がずっと続いて来た。それが嫌だという訳ではない。なぜ唯々諾々と従ってしまうのか、服従する快感というものがあるのか、命じられるたびに自分の心を観察してしまう。

「日没の地《オクシデント》と青色会《カエルラ》とが繋がっているとは思わないが、オクシデントの兵士が個人的に通路を使うことはありうるだろう」鶯氏が言った。「その場合、カエルラの幹部なら調査ができるはずだ。ちょっと尋《き》いてみてくれないかね？」


家に帰ったポレをいつものように迎えたのは紗夢《さむ》と呼んでいる婢《めしつかい》だった。

「おかえりなさいませ。おくさまがお部屋にいらしてくださいとおっしゃってました」と言う。

ポレの母は離れに房《へや》を持ちほとんどそこを出ることはない。

「何のご用だろう。どう思う？」

「お具合はおよろしいようでしたからお話をなさりたいのでしょう」

「わかりました。ちょっとお部屋に行ってこよう」

ポレは母と二人だけになるのを苦手としている。子供の頃から常に母の目があった。好ましくないことをしていると叱りはしないが眉をひそめる、顔が歪む、それを見るのが嫌だった。もちろんポレも母の期待に応えようと幼いなりに努力してきた。しかし母の思いを完全に察知し行動するのは不可能だった。結局、母と自分とは人生に対する考えが根本的に違うのだと理解した。

「おかあさま、入りますよ」とポレは口に出してから扉を開けた。

母は窓に向いた椅子に掛け、頭だけが見えた。首を曲げポレの方を見ると「ああアル……」と言った。「アル、来てくれたのね。私はこんなになってしまったの。もう準備をしなければいけないから、手伝ってほしいのよ」母の周辺には世界の存在を拒否するような、極めて否定的な空気が満ち満ちていた。

それは部屋に入ったポレを蝕むほどの勢いがあった。これはいけないとポレは思った。

「なんでもお手伝いいたしますよ。おっしゃってください」

「おとうさまの箱に目録がありますから、あなたのものを控えておきなさい。あなたにあげるものを分けておかないといけませんからね」

「僕は急ぎませんよ。慌てる必要はないと思います。ゆっくりやりましょう。昔から慌てて死んだ人はいるが、ゆっくりしていて死んだ人はいないといいますからね。ゆっくりでも確実にやりますから安心してください。実はね、おかあさま。鷺《おう》さんに会ってきたのですよ。鷺さんはカエルラの人に聞きたいことがあって、関係者を探しているのですよ。おかあさまのお姉様が確か……」

「絲游《しゆう》さんの旦那さんがそういうことに関係しているはずですよ」

『しゅうさん』と聞いてもすぐには思い浮かばない。母の多くの姉妹《きようだい》のひとりであろうから、後から紗夢に調べさせればいいだろう。

「変わった人だから、あなたと相性が良いかもしれないわね。それよりもねえアル。お顔をよく見せて。すっかり立派になって、赤ちゃんの頃を思うと本当に人間って不思議なものね。思い出ってなんでしょうね。特にあなたはいろいろなことがあって、それを乗り越えてきた。男の子は男の子ね。でも母親はいつまでたっても案じるものよ。困ったことがあったら紗夢に相談するといいわ」

あまり長い時間は母の悪い雰囲気に影響されると思い、ポレは退散しようと先ほどから機会をうかがっていたが、今がそうだと感じた。

「また伺いますね。鷺さんが急いでいますから」といいながらさっきの自分の言葉との矛盾に気づいていた。そしてドアに向かうポレの背を母は見つめていた。

絲游《しゆう》の嫁ぎ先を調べさせ舟で向かうことにした。

頼んだ舟が到着し乗り込むと、川の様々な音が母の言った言葉を繰り返しているように聞こえた。

――特にあなたはいろいろなことがあって、特にあなたはいろいろ……、あなたはいろいろな……、いろいろなあなた……。

舟は何時ぞやのように下流に向かったが、未《ひつじ》の町に着く前に支流へと逸《そ》れた。舟は進みやがて両岸は背の低い木々が茂り森の程をなしている風景となった。

「初夏には花が一斉に開いてまるで雪が積もったようです」『穴熊の三番』が言った。

印象に残っていたので詰め所でそう言ってみたが、笑みをたたえて現われた当人の顔形《かおかたち》に記憶はなく、感謝をこめた言動に言葉少なく対応した所為か、あまり口を開かずここまで来た船頭の、おそらく溜めていた呟きだった。

「この辺はどうだろうね?」可哀想に思ったポレは言ってみた。

「着岸《つけ》ましょうか」『穴熊の三番』は精気を取り戻し、答えた。「旦那様に相応しい場所です。

以前は、と言ってもあたしの生まれる前ですが、この辺りは雑木林で質の良い薪が採れたそうです。その後、高貴な方々の住まいとなって、木も植え替えられ、現在《いま》のようになったと聴いています」

「林《りん》さんの嫁いだ家に行くのだ。——青《せい》あるいはカエルラと呼ばれているかもしれない。——わかるかな」

「存じております。専用の水路を行きましょう。こんなことをお話ししてはいけないかも知れませんが、青《せい》家のご主人は亡くなり、奥様だけがひっそりとお暮らしになっているようです。お知り合いの方のご訪問は何にも代えがたいものでしょう」船頭は少し間を置いて「お嬉びになりますよ」と付け加えた。

舟は右手の水路に入った。岸の草の葉に煌めく光が宿っていた。岸辺に切れ込んだ水路はまもなく小高い丘の下を穿って奥に進んだ。洞窟のような水路を抜けると突然、朱塗りの太鼓橋が見えた。すでに青家の庭に入っていたのだ。瓢箪型の池のくびれに架かっている橋はとても実用に供するものとは思えなかった。しかし、その上に紛れもなく人が、小さいけれども人が立っていた。

「絲游さん」ポレは言った、小柄で上品な佇まいから林絲游に違いないと思った。

「奥さま」船頭が独り言のように言い、舟を橋のたもとに着けた。

ポレが見上げると林絲游はこちらを凝視している。そのためポレは舟を降りる自身の動作を意識せざるを得なかった。

「訪ねてみえた、あなたはアル？　ああ、宝苓《ほうれい》になったのね。時の経つのは早いものね。でも、戦争はいっかな終わろうとしない。いらっしゃった理由が戦争のお話でなければいいのですが……」

「奥さま、私は青色会《カエルラ》についてお教えいただきたく参りました」

「カエルラは終了いたしました。主人が逝ってしまいましたから」

ポレは橋のたもとに降りると、船頭に心付けを与え待機を命じた。

「お部屋で伺いましょう。あなたここは初めてでしょ？」

林絲游はポレをうながし、橋を渡った。

「まさかこの橋を渡るとは……大丈夫ですね。しっかりしています。これは意外だ」

「見た目はおもちゃ見たいでしょう。でも、ここにあるものは皆ちゃんと使えるように気をつけておりますの。あの人がいつ帰ってきても叱られないように……」

「お会いできたらと思っています。青色会《カエルラ》だけではなく、いろいろな事をうかがいたかった。

大げさに言えば世界をどうお考えになっていらしたか」

ポレの質問に林絲游は笑っていた。

「そういうおっしゃり方が当てはまるかどうかわかりません。しかし、あなたは主人と似た嗜好をお持ちなのですね。先ほどお目にかかったとき感じましたが、今のお言葉で確信が持てました。あなたも『移動』に興味がおあり？　青色会《カエルラ》は『移動』を目的に主人の曽祖父がこしらえた組織なのですよ。それは陸の移動だけではなく川や海の移動、さらには時間の移動まで考慮していたのです。『時間の移動』っておわかりになります？」

太鼓橋の先に小さな庵《いおり》が見えた。

「お部屋でゆっくりお話ししましょう」

林絲游の案内で、ふたりは草の絡んだ鋳鉄の戸を抜け屋内に入った。振り返ったポレは、多くの日時計が庭に据えられているのを見た。大理石の上に緑青を吹いた刃物のような針が影を映すのだろう。またすでに背後となった池で魚のはねる音を聞いた。ポレは大きな紅い鯉だろうと想像した。狭い小さな室内は空虚で、階下に降りる立派な階段だけがあった。地下室は煉瓦のままの造りで、こちらにも目立つ装飾はなく、ただ正面に大きな暖炉があった。その前の木枠に厚い生地を貼っただけの簡単な椅子にふたりはかけた。

「時間上の移動といいますと、過ぎ去った昔に旅行する、そんなことでしょうか？」

ポレは話の接ぎ穂として儀礼的な質問をしたつもりだったが、問いを聞いた林絲游の目が輝いたのには驚いた。

「無邪気と申しますか、男の方ってそんなところがありますでしょ。船の底に飛び出したガラスの小部屋をこしらえそこに乗って、水の流れと逆に船を走らせれば時間を遡ることができるなどと言い出すのですよ。それにしても——いったい時間とはなんでしょう？　私たちは多くのことを時間で計ります。しかし、『時間の発明』の以前にはこんなふうに言っていました。『日暮れまでには港に着く』『夫が亡くなってから冬が十回過ぎた』などと。ある哲学者は時間とは起こった変化を後《のち》に比較することだと言っています。——経過をわかりやすく表わすための方便だと。ところで変化はその度に、その物事によって異なるものです。それを一定の基準で計り——計るだけなら何も言いません——、その上まるで全てに共通する絶対的な物差しとして用いることなど不合理です。そんな風に考えるようになってから、わたくしは夫の時間認識は間違っていると思うようになりました」

林絲游は話を止め、質問を待つようにポレの顔を眺めていた。——さあ尋《き》いて下さい。——と言わんばかりに。

「物事やそして心の変化が時間なら、思いのなかで時間の移動ができますね。――記憶――思い出――。船底で水の流れを眺めながら『過去《こしかた》』を思い出そうということではありませんか。かつての体験を〈見る〉のではなく、〈思う〉〈想像する〉こと、そうして体験が強固になると、まるで実際に過去に生きているような気になると思います」

「ますます似てらっしゃいますわ、主人に。――ああ失礼」と林絲游は言い、今度はポレの論を補強するように夢の話をはじめた。「夢を見ているとき、その夢の中の出来事は現実です。でなければ、あんなに感情が揺すぶられるはずはありません。私たちは今、本当に目覚めているのでしょうか、あなたとお会いしている現在《いま》、夢の中ではないという確証はありません。そして真偽を確かめる方法《すべ》もありません」

「同感です」そう言ったあと、ポレはもう話すことは何もないような気がした。

結局、鶯《おう》氏の想像は外れ、青色会《カエルラ》はもはや無く、碧江《へきこう》の怪しい船はその目撃談も含めて怪しいままであった。普段なら沈黙はポレの口を開かせる作用があるのだが、今は違った。林絲游の年老いた人形のような非人間的な表情を前にして、ポレは沈黙の深淵に身を置くことに静かな快感を覚えた。

――このまま時が止まってもいい。こうして何もしないで、変化を移動を経過をただ眺めている。――今なら、そのようにして過ぎてしまう人生であっても認めることができる。

ポレはそう思い、しばらくして今こそが『時間のない状態』なのだと気がついた。


林絲游が語りかけてきた。あるいは、先ほどから話していたのかもしれない。

――そうです。いつか主人の書斎を見ていただければと思います。主人の残した本や記録、あなたなら面白く思われるかもしれませんね。――いずれにせよ後《のち》の話です。ですから今日はこのくらいで――。


後日、宝苓《ほうれい》は鶯梅殊《おうばいじゅ》に経過を報告した。

例によって垂楊亭《すいようてい》であるがその日は離れの個室に通された。桃英とそれからクリスも同席していた（なぜクリスが居るのだろうか？）。ポレは青色会《カエルラ》の解散や碧江《へきこう》の怪しい船の件よりも、林絲游《りんしゆう》と向かい合ったとき、全ての物、事柄の存在をそのまま認める広く澄んだ落ち着いた気持ちになれたことが収穫だと思っていた。その視野の広がりは初めて体験することで、それを説明したい子供のような気持ちもあった。

しかしおそらく鶯氏はそんなことには興味はなく、ポレの一連のむなしい報告を聞くと軽くうなずき、昔の話を始めるのだった。

偉大なカロンの時代、と謳われる先代の皇帝訶論《かろん》の時代、鶯氏はその宮廷に出入りしていたのが自慢で、折に触れ当時の話をする。

カロンは失踪した皇帝であった。現在でもその消息は定かではなく、早々と後継皇帝が決定され（この話はのちに再び語られるだろう）、北の国との戦いに人々が傾倒していたことが幸いし、新皇帝はごく自然にまるで以前から決められていたように就任し国は続いていった。そして新皇帝の身代《ダブル》わりに現在の宝苓が抜擢されたのは姿の類似はあったが、鶯氏の力によるところが大きかったようだ。

「ポレくん、皇帝陛下としばらく会っていないだろう。私は最近、意外な場所でご一緒したのだが、君に会って直接詫びを言いたいとおっしゃっていたよ」

「ずいぶん昔のことです。ご記憶に留めていただけただけで光栄です。今はお役に立てませんが」と言いながらポレはまた教皇領のことを思い出した。現在自分の目の前に座っている男が、ポレを偽り教皇領に連れ出したのだ。もちろんのちに鶯氏はポレの思いを否定し、「訶論《かろん》皇帝が教皇領にいるという情報があったのだ」と言う。鶯氏は失踪した皇帝を必死になって探していたから。そして鶯氏の言葉を信じたポレはクリスの芝居馬車のような重装備の馬車で教皇領に侵入したのだった。

教皇領ではよく祭祀が行われる。その時期に芝居馬車に扮した乗り物で侵入するのは比較的容易だと聞いていた。

教皇領――。

それは北の国オクシデントの侵略の言い訳のようなものである。オクシデントは強力な軍隊によってオリエントを侵略していた。オリエントの抗議に対し宗教の独自性を持ち出し、あくまでもオクシデントではなく『教会』が人々の求めに応じて拡張を続けているのだ、と主張した。

「世界には神を求めている多くの人々がいる。ましてやオリエントは神の源流の地ではないか。今は顧みられなくなったが、神の生まれた地は長いこと不在だった神を望んでいるのだ」

ポレはまた教皇領を思い出した。印象的な断片、できれば忘れたい記憶。

夜、その道は静まり返っていた。四頭立ての馬車の車輪の軋む音と泥道を切り開く耳障りな音だけが辺りに響いていた。

「門が見えますか？　この先の筈です」突然、言葉が聞こえた。

ポレ（当時は娃柳《ある》であったが）は窓の覆いの隙間から外を眺めようとしたが、ほとんどは闇でたまに心細い明かりが揺らめいているだけだった。

「まっすぐ行けばいいのです。ほら門が見えたでしょう。あれですよ。あれ」駅者台のふたりが場所を確認している。駅者台の背後の窓が空いているので会話が聞こえる。馬車は進んで門の前で止まったのだろう、外から聴きなれぬ声がした。おそらく門番であるオクシデントの兵士に誰何され、駅者は適当に答えているようだ。鶯氏《おう》は居ないのか？　ポレは不安になった。

「お祭りだと聞いて馳せ参じました。ええお芝居や歌をご覧に入れますよ」駅者の声だ。

しかしオクシデントの兵士のよく通る命令調の声が緊張をもたらした。

「何人だ。何人乗っている？」

駅者の答えは少し遅れた。これは致命的だ。

「三人だ。三人でなんでもできる」

芝居のことを言っているのだろう、とポレは思った。

「確認する。中に入るぞ。いや、まず出てこい」

馬車の扉を開ける音に続いて「ゆっくり一人ずつ出るんだ。二人だろうな」こちらに向かって言葉を投げつける。

ポレは立ち上がり、狭い通路を伝って前扉に達した。

闇の中の水平線がうっすらと明るく見えた。

美しい曲線を描いた鋳鉄門がポレの目の前にあった。

突然、小さな男がポレの足首をつかんだ。「娃柳《ある》さま、お待ちしておりました。わたくしは神に仕える者、そして年老いて得た友人を亡くし悲しみに暮れる老人ハールーンと申します」

嗄《しゃが》れ声《ごえ》の小さな男は跪《ひざまず》いていた。煤色《すすいろ》のマントが身体を隠し、闇の中に痩せこけた顔と手だけが浮かんでいた。そして、背後には武装した兵士の一団が壁のように並んでいた。

「娃柳《ある》皇帝陛下でございましょう」男はさらにそう囁くと、兵士に向かって「部屋にお連れしろ」と命じた。

〈部屋〉はイルカを模《かたど》った噴水の先にあった。

ポレは（当時は娃柳《ある》なのだが）月の光を受けて輝く深夜の噴水の光景を一枚の絵のように今でも覚えている。


かつてこの話を桃英《とうえい》にしたとき、必ずしも物語の効果の点からではなく、ポレはこの箇所で話を止めた。しかし桃英は続きを聞きたがった。

「話はできないのです」ポレはその折に言った。「見ていたわけではないし、覚えていないのですよ」

「痛みはひどいものでした？」桃英は容赦なかった。

「さあ、どう言いましょうか。最中はともかく、解放されてからもしばらくは起き上がれませんでしたね。特別な麻酔薬を処方してもらって、半年は夢うつつで過ごしていました」

桃英はポレの顔をじっと見つめていた。

桃英の瞳を見ながら、ポレはもし〈事件〉が起こらなかったのなら、桃英との関係は異なっていただろうと思った。それは端的に言えば性的関係のことだ。

事件前には、性交とは幻を追い詰めてついには無効化することだ、と思っていた。

今もそうは思っているが、幻を追うことはできるが追うだけで、その後《あと》に何もできない身体になってしまった。

そのような意味のことを桃英に話すと、彼女は「それから終わりがないことになった、というわけでしょ。おしまいがないことに憧れる人は男にも女にもいるはずよ。ずっと快楽が続くの」と言った。ふたりだけだったから。

しかしポレにとっては、終わりがないことは落ち着けないことでもあった。ともかく終わらせ、明日あるいは明後日、あるいは一週間後にでも、また改めて終わりを目指すことが人間の営みとして自然だろうと思っていた。

一方、鶯梅殊《おうばいじゅ》の求めた碧江《へきこう》の探索は、奇妙な船を見つければそれでおしまいになるとは考えられない。戦争中ということもあるし、問題は次々と出現するだろう、それにはそれに適した方法や昔から携わってきた人材がある。ポレがどこまでやればいいのか鶯氏は明言していないが、〈教皇領〉のように深く関わってしまうことは避けたいものである。そのためにいつでも断ることのできる口実を準備しておくべきだろう。しかし、まったく興味がないわけではない。林絲游《りんしゆう》の話していた奇妙な船を借りて碧江を遡り、不思議な船を見ることができるのなら、それはそれで胸躍る冒険になるだろう。

黙ってポレの話を聞いていたクリスが口を開いた。

「今のお話で思い出しましたが、青色会《カエルラ》という言葉は聞いたことがあります。ずっと昔、わたくしがセウェルスに初めて行くときのことです。船に乗るのも初めてでした。とても綺麗な青いタイル張りの家、そこの内部《なか》から船に乗ったのです。カルタン神父がカエルラの建物だと言っていました。他で見たことのない美しい家だったのでとても印象に残りました。そこからセウェルス行きの船に乗りましたが、お客はふたりだけ、カルタン神父とわたくしだけだったのです。……」

クリスの話が始まりそうなので、ポレは口を挟んだ。

「クリスさん、そのお話は遠足までとっておおきになりませんか？」

遠足というのは毎年この時期に行う、南湖への睡蓮見物の日帰り旅行のことだった。ポレの頭の中ではいつもとは異なる遠足の計画が組み立てられつつあった。

それからしばらくののち、碧江《へきこう》に奇妙な船が浮かんだ。真っ白な細身の快速船でポレが林絲《りんし》游《ゆう》の許可を取り、鶯《おう》氏の関連組織（軍の部門）に修理を依頼したものだった。ポレは林絲游の言った船底の硝子部屋に興味津々であったが、鶯氏をはじめ修理担当の技師たちはさして関心もなさそうだった。海中に身一つで抱かれ、しかも素晴らしい速度で航行する。たとえ時間旅行が出来なくてもとても魅力的だとポレは思った。穴熊の三番に依頼した動力奴隷六名の力で推進すれば未来へも旅立てそうだ。

その穴熊の三番に差配を頼むとき、やんごとなき婦人も乗るから、あまり下品でない奴隷をと依頼した結果、まあまあの態度と見栄えを持った人員が揃った。

修理も済みいざ試運転の段階で、鷲氏が口を出してきた。――睡蓮見物にこの船で行こうではないか。家内も乗りたがっている、と。桃英《とうえい》との仲は公認済みと考えていたが、鷲氏を交えて会う時には注意したほうがいいだろう、ポレは少し警戒した。そしてクリスまで連れて行くというのだ。――クリスさんは長年こちらに居るのだが、睡蓮を見たことがないそうだ。もう先も長くないから、外出できるうちに見聞を広げたいそうだ。

〈先が長くない〉ごく自然に発せられたこの言葉にポレは衝撃を受けた。クリスが言った言葉であっても、その扱いが無神経ではないか。そして鷲氏の父が真正面を向いたまま、周囲に一瞥もくれないでひたすら川を進んでいたという鷲氏の話した光景をなぜか思い出した。

結局、ポレ、クリス、鷲氏、桃英、桃英の侍女、そして動力関係として穴熊の三番とその他六人、総勢十二名となった。

当日は春の見本のような日で、川岸はみずみずしい緑に満ちていた。

船は茫湖《ぼうこ》を目指して未《ひつじ》の波止場から内陸に入った。ポレは以前《いつぞや》の晩春このみずうみに桃英と行ったことを思い出した。丸い葉に囲まれた白や黄色の尖った花弁、さらにその内側のより濃い色に染められた蕊《しべ》、花は生殖器であった。みずうみの奥には紫色の花の群生場所があった。

赤味の勝った紫、青色の強い紫、透けて見えそうな薄い紫、もはや水色と言ってもいい花弁を震わせる睡蓮。

しかし今回は船が大きいので、茫湖の手前で屋形船に乗り移った。桃英とふたりだけで行ったときには船頭がひとりの舟であったが、今回は桃英の小間使いを含めると五人なので、二隻をならべて舫《もや》った花舫舟を使った。睡蓮見物をする間、快速船は静かに（こういう配慮が大切ですと鶯氏）迂回水路を通り湖の先でポレたちを待つという。

みずうみには鯉がいた。林絲游の庭で見た鯉と異なり野生の鯉であった。水底を移動する群れのなかに稀に緋鯉がいたが、ほとんどは地味な濃い灰色の鯉であった。

桃英の小間使いが饅頭《マントウ》を入れた袋を取り出し、桃英とポレは船べりから饅頭《それ》をちぎって撒いた。鯉は先を争って餌に殺到した。鯉が重なり合い水面から競《せ》り上がり、空中で塊《かたまり》となり、白い腹や巾着のような開閉する口を顕《あらわ》にした。鯉の息づく彎曲した白い腹部のぬめりが生々しかった。

ポレが目をそらすと結ばれたもう一艘の舟でクリスは鶯氏と隣り合って捗らぬ話をしているようだった。

「鶯さんはクリスとどうして知り合ったのかしら？」とポレは桃英に尋ねてみた。

「クリスさんがオリエント《こちら》に来たのはもう随分以前《まえ》なのよ。あたしが子供の頃じゃないかしら。遅れて来たのでいつまでも初々しさが抜けないって主人が言っていたわ。それから、クリスさんは先代の皇帝に会ったことをとても光栄に思っていたそうよ」

「鶯さんは訶論《かろん》皇帝の側近だったから、その謁見をきっかけに親しくなったのだろうね。それにしても少なくともこちらに来て十年以上とは驚きだね」

「初々しいこと？」

「うん、ひとりで満ち足りている感じだ。信仰の所為だろうか」

「クリスさんは教会に居たのでしょ。その前は神殿学校？　お小さい頃から信仰世界に浸っていたのね」

「われわれには出来ないことさ。ただオクシデントでは宗教は権力と強く結びついている。それに嫌気が差したようなことも言っていた」

隣りの舟といえども声が通る距離だから、聞こえたかもしれないと思い、ポレはクリスの方を覗き見た。相変わらず鶯氏とクリスとは同じ場所にいたが、水面の睡蓮を指差し仲良さそうに話していた。微笑ましい光景であった。

「クリスさんは何か計り知れないものがある気がするの」桃英が言った。「私たちの知らない何かを知っていて、それが世界の見方を私たちと異《こと》にしている……」

そういえばポレには、以前クリスから聞いた話で思い当たることがあった。神殿学校とそこにある人形、カタマイト、オリエント《こちら》にはない不思議な事物。そのような環境で育ったクリスは、この世を超えた世界の実在に親近感を持っているのだろう。

「そろそろ行きましょうか」鷲氏の声がした。そして快速船に乗り換え茫湖から碧江への水路をたどる。

日差しは強いが湖を通る風はまだ涼しかった。

船が進み左右の岸に細い灌木やら大きな鳥の巣、釣り用の小屋などが見えてきたころクリスは甲板を登りポレに近づき、口を開いた。

「大きなさかなを見ませんでしたか？　白い大きなさかなですが、さかなでなくとも、生き物です。以前見たような……」

ポレはどこです、と言って川面を見回した。しかしそれらしいものは何も見えなかった。

「ああ見えませんか。わたくしも見失ったようです。確かに見えたと思ったのですが」

その時は波の反射やみずうみから泳いできた鯉や、川を漂う品物などをさかなと見誤ったことかと思っていたが、クリスのいうのはもっと巨大なほとんど誰も見たことのない生物のことだった。

——この船くらいの大きさなんです、とクリスは言う。

——馬鹿な、とポレは思った。しかしそれはクリスの言動に対してではなかった。実際に船の前を（船の下に隠れていたのだろう）いつの間にか巨大なオタマジャクシのような生物が泳いでいたのだ。

それは球形の頭部から緩やかな曲線を描いて尾びれに終わる全身を、ゆっくりと左右に振り、優美な様子で川を進んでいた。鱗のない乳白色の皮膚に全身を被覆《おお》われた巨大な生物は、初めは船の前方にいたが、そのうち傍《かたわら》に移動して船と並走する位置をとり、頭部の目や口が顕《あらわ》になった。目は小さいが綺麗な形をしていて見ているとまるでその生物の思いが伝わってくるようだった。

クリスも見惚《みと》れていた。そしておずおずと口を開いた。

「あれはハピですよ。間違いありません」

ポレはハピとは何かとクリスに質《ただ》した。

「ハピは大きくなったカタマイトです。わたくしはセウェルスでこの生物を知ったのです。いずれお話ししますが、とても知的で儚い生物です」

そんな会話を交わしているうちに、ハピはまた見えなくなりしばらく先の水面に姿を現わした。

「ハピはこの船を導いているようです。この先に大切なものがあるのでしょう」

船は水路を碧江に向かって進んだ。みずうみを過ぎてから岸には茶色の山の連なりが目立つようになった。ところどころに緑の斑点があり、動くものがいた。

さらに進むと水路は狭まり岸辺の柳の揺れる葉で視界が遮られることもあった。ハピは消えていて、外海が近づいていることが予見された。

柳陰《やなぎかげ》の帳《とばり》を越えると船は碧江に出た。文字通りの深い青色の海水が上下にも左右にも広がっているなかに、黒く丈の高い船が目をひいた。待っていた『大切なもの』は異様な黒い船であった。

その頃には鶯氏や桃英、穴熊の三番までが船首に集まりその見慣れぬ船を注視していた。

しかしまるで危険を察したかのように、その船はゆっくりと沖にむかって動き出した。ハピのものらしい波浪《はろう》がそれを追った。遠ざかる船を見ていると異なる側に属する文化がこちらを嫌って逃げ出しているように見えた。船体に大きな黒い十字架を無理やり載せたような異様な高さを持った船。それはすぐにも転倒しそうな不安定な印象をポレに与えただけでなく、邪悪さの化身のようにも思われた。

「追いかけましょうか?」穴熊の三番が鷺氏に尋ねた。

「いや、それにはおよばない。あの船だね、オクシデントから来たと噂されていたのは。しかし目的がわからない。偵察用では目立ちすぎるし、攻撃用とも思えない。防御用? 鉄の避難所か?……」

黙っていたクリスが思い定めたように口を開いた。

「わたくしはあの船に乗って、いや、あの船に長い間囚われていたのです。穴熊の三番さんに助けられようやく燕邑《えんゆう》に逃《のが》れたのです」

(そういえば)とポレは思った。鷺氏の庭で初めてオリエントの劇が上演されたとき、たった一人の共演者は穴熊の三番だったのだ。そして、夜明けに乗った小舟の船頭が穴熊の三番だった。

(なんということだ。人生は策略に満ちている)

そして『策略』はさらに不意打ちをかけた。

「あの船は病院なのです」クリスが付け足す。「わたくしは病気でもないのに閉じ込められ、悪夢のような時を過ごしたのです」

＊

カルタン神父は神殿学校に新しい助手を探しに出かける際、友人のリュシアン神父に教会の留守を託していた。

何事にも気が回り、どちらかといえば神経質なカルタンは、リュシアンの大雑把で鈍いところが嫌だったが、素直で正直な性格は好ましく思っていた。

（一緒に居たくはないが、留守番には適材だろう）

一方リュシアンは若い頃セウェルス教会に助祭見習いとして短い期間だが仕えたことがある。当時の司祭が現在の教皇なのだが、痩せて背が高く祈禱の声がよく通る司祭だったというぼんやりした印象以外、顔かたちや説教の内容など具体的な記憶はない。

いずれにしろ自分とは関係のないことだ、とリュシアンは思っている。カルタンにしろ、そのアリウス教皇にしろ、自分とは別の種類の上級人間である。――人間の出来が違う。――口を利いてくれるだけでもありがたいと思わなければならない。

リュシアンが神父になったのは父親の職を継いだだけで、この方面で特に興味や野心や向上心があったわけではない。

最初リュシアンは神殿学校に勤める母と暮らしていた。二人だけで住む侘び住まいに時々訪ねてくる男がいた。なかなか普段は食べられない豪勢な食料や、質のよい布地、気持ちの良い食器などをたびたび持参するのだった。

リュシアンがはじめて七面鳥を食べたのはこの男のおかげだった。そのうち男はリュシアンを教会に連れて行き少しずつ仕事を覚えさせた。

誰かが口にした訳ではないが、この男は父親だろうとリュシアンは確信するようになった。周囲もそれを静かに認めているようだった。

「自分は神父の息子なんだ」リュシアンは急に栄光に包まれたような気持ちがした。

そのうち男は「そろそろ外に出て色々なことを学んでもいいだろう」と言い、リュシアンを知り合いの教会に送った。

リュシアンは不安ながらも仕事をこなした。父（もうそう言っていいだろう）はリュシアンを次第に離れた教会にやるようになった。それが一通り済むと、こんどはあたかも旅に出た息子が戻って来るように少しずつ近い教会を選択した。

リュシアンの父は、豊かな農地を所有していた。その恩恵にあずかったリュシアンは、人生はただ生きていくだけで十分だと思うようになった。しかし、生きていて人と関わると感情が費やされ、その上さまざまな技術や知恵が必要となる。成長するにつれ自分がそれらのことにまったく無知であるだけではなく、興味をも持っていないことに気が付いた。

稀に憂鬱に襲われる。現在でも何もできないのに年老いてしまえば、頭が、体が、急速に衰え、それこそ「人に帯《おび》されて望まぬところに連れ行かれ」かねない。

セウェルスの教会は教皇を選出した古い名門の教会ではあるが、僻地にある小さな教会でもある。この教会よりもさらに小さいのがリュシアンの父の教会である。セウェルスから徒歩で半日の行程のネムスという村、滅びた国の言葉で『神々に捧げられた森』を意味するこの小さな村の教会でリュシアンもその父もさらにその父も幼い頃から暮らしてきた。あいも変わらぬ日常の繰り返しのなか、馴染みのカルタンが訪ねてきたときにはリュシアンは嬉んだ。カルタンは見聞が広いし優しい。こちらがぼんやりしていても気にしないで興味深い話をしてくれるだろう。カルタンの話は面白いだけでなく聞き手に同意を求めないところがいい。

「リュシアンさん、お願いがあります。私、旅に出ますので、その間教会を時々見て欲しいのですが」おずおずとカルタンが言った。

「ご旅行。目的地は問いますまい。して、どのくらいの期間でありますか。まあ、こちら《ネムス》は空けておいてもかまいませんが」

「急なことですが、神殿学校に行ってきます。そろそろ跡を継いでくれる若者の存在を考えるようになったのです。どんな若者がいるのか、まずは一度行ってみようと思っております。初めてですから、どのようなところか雰囲気を知るのを目的にして。ちょうど季節も良いし、ひとり旅も久しぶりだし、ひと月くらいの予定ですが、いかがでしょうか？」

「ええ。ふた月でも三月《みつき》でも。承りましょう。ゆっくり行ってらしてください。私、セウェルス《あちら》にずっと居てもよろしいのですよ」

「ははは、まあいずれそんなことをお願いすることになるかもしれませんが、今回はまだ無事帰ってこられる気がいたします。それでバルフは残りますので、ご指導をお願いしますね」

バルフとは以前リュシアンのところに訪ねてきたのだが、今はセウェルス教会の助祭――正式には違うのかもしれないが――といった立場にある若者で、カルタンの薫陶を得ただけあって理知的で手抜きや間違いはおかしそうもない優秀な、それこそリュシアンとは相入れない『別の種類の上級人間』である。

しかしリュシアンは特に気にしてはいない。バルフだってリュシアンの能力、性格を知っている。そして、会話は必要最小限に留まるだろう。

カルタンが消えるように出発したあと、早速セウェルス教会に行ってみたのだが、バルフは見当たらなかった。それよりもリュシアンは昔を思い出し胸がいっぱいになった。

セウェルス教会――。小さな田舎の教会。

初めてここに来た時には、この中に入らなければならないと思うと今にも崩れ落ちそうな外観に不安を感じたが、内部に入ると堅牢な積み石や太い柱で固められた構造が見て取れ、古い確実なものに囲まれている安心感があった。そして狭い空間は落ち着きをもたらし、自分だけがここにいるという自由な気持ちも生じた。

――こんな私でもくつろげる教会なのだ。

心が落ち着き、他人のいない快適さが胸に浸透してきた。

静かな薄暗い世界に浸っていると突然の訪問者があった。

「どなたかいらっしゃいます？」という声は礼拝堂の方から聞こえてきた。どうも聞き覚えのある声だ。

立ち上がって声の方に向かうと礼拝堂の側廊に長く伸びた人影があった。

リュシアンは少し大きな声で言った。

「カルタンさんの留守中教会を預かるものです。なんのご用でしょうか？」

「では、出発されたのですね」低い声が薄暗い床を這って届いた。「タルボットです。ああ、これは――リュシアンさん。お留守番ですか。それはそうとバルフ、見ました？」

リュシアンはいいえと応えた。

「まさかカルタンさんについて行ったわけはないし、急用でもできたのかな」バルフの養父であるタルボット氏は首をひねった。「もし会ったら、私が探していたと伝えてください」

「バルフさんはなんでもご存じなんで、私なんか教えてもらってばっかりですよ」リュシアンが見当違いなことを言う。「私もねえ、もっと勉強しないとね。若い頃勉強してても歳をとると忘れてしまいますしねえ。私のように若い頃に勉強しなかった者はもう何にもありませんよ」

察したタルボットは早々と会話を終わらせようと考えた。このような無知の輩が宗教に関わっていることそのものが、宗教の実態を表わしていると思ってあきらめていた。「聖具室のこと聞いてます？　地下室の扉が壊れているそうですよ。危ないから近づかないように、と言ってましたよ」とカルタンの伝言を伝える。

「ははあ、地下の扉ね。聖具室そのものは大丈夫ですかな」

「さあ、わかりませんが地下室に行かれなければよろしいのでしょう。実は今、姉が待っておりますのでこれで」

「はいはい。またお祈り、いやお話だけでもかまいませんからいらしてくださいね。暇ですから」

リチャード・タルボット氏は北側の翼廊から教会を出た。右手に小川の行き止まりの湖が見える。

――あの湖が教会の地下に接しているのだ。

この光景を見るたびに何度も唱えた言葉を今度も口にしないわけにはいかなかった。

――これこそがセウェルスの秘密、存在理由。

『西の果て《ヘスペリア》』から大学を経て、はるばるこの地に来たのもこういった不思議や不条理を求めてのことだった。

故郷《ヘスペリア》は陽光に恵まれ果実の結実も豊かな土地、穀物も穂をたわめるほど密に実り、羊や牛も肥え太り、みずみずしい牧草地が村々の間に広がる。このような豊かさは人々をおおらかに、そして――愚かにする。

ただ安穏ならばいいのか？　タルボットは自分と同じ興味を持てる友人が欲しかった。タルボットが話題にしたいのは神の存在や人間の目的など形而上学的問題であるが、そんなことは誰も興味を持ってはいなかった。去年と今年の天候を比べ小麦の収穫量の心配や、雪解けの祭りの出し物の工夫の話題がせいぜいだった。

日常のこと、基本的な生活に関すること、人が自分と同じ価値観を持っているという前提で話を始める人々。そういう村の人々が実は一般的ではないことを、寒い国に行ってタルボットは知った。

その北の大学町には父の知己の学者がいた。そしてタルボットは数年間学んだ。何を学んだのか、神学と哲学、歴史、音楽、幾何学、それらを通じてタルボットは学問の妙味を知った。学問は実生活に役立つことはないかもしれないが、学んでいて不安になったり後悔することはない、むしろ心が落ち着く。心が落ち着けば物事をありのままに見ることができ、誤りに気付きやすくなる。さらにある考え方と相反する考え方があっても、それぞれに納得できる結論に到達できることを知る。学ぶということは、知らなかったことを知るというよりも、すでに心の奥底にありおぼろげには知っているがうまく言い表わせないことに、明瞭な形を与える行為のように思われた。また、寒い国の習慣が暖かい国では煩わしいように、暖かい国の習慣は寒い国では役に立たないことも理解できた。つまり、ひとつの確固たるものを求めても叶うことはない。数多くのそれぞれの世界に合わせなければならないのだ——世界中に存在するそれぞれに異なる神々を見たまえ。

北の町ではバルフという若者とも知り合った。彼は学生ではなく『使い走り《タベ》』と称される雑用係の少年だった。正式に雇われているわけではないが聡明で気が利き人気者だった。「おーい、バルフ！」という声が学内で時々響き、なんだろうと思っていたがこの少年を呼ぶ声だった。

タルボットが初めてバルフに用事を頼んだとき、バルフは「学士さん、ヘスペリアの方ですか？」と尋ねられた。こちらを見る目が楽しげだった。「ああ、こっちは寒いね」と言い置いたが、故郷を嫌っているので、不快とまではいえないがやはりそう見えるのだ、と少々落胆した記憶がある。

楽しげな様子に惹かれてか、そのうち用事を頼まなくても短い会話を交わすようになった。話してみると、バルフは学問を本気で学びたがっていることがわかった。本当は学生になりたかったが、とてもそんな経済力はなく、学問に近い位置にある今の仕事を見つけたのだという。

何に興味があるの？　という問いに「神さまです」と目を輝かせて答えた。

タルボットはちょっと厄介だな、と思った。バルフの言動から察するに彼は無神論者に違いない。大学という閉ざされたどちらかといえば異端的空間ではそれは構わないが、一歩外に出れば迫害の対象になるだろう。特にバルフは正直だから、世慣れた学生のように身の安全のため自分を偽ったりすることはしない。むしろ、そういう態度を軽蔑するだろう。

タルボット自身ももちろん無神論者だった。だが存在しない神に対してたくさんの理論や学問が存在する理由を知りたかった。神学者は神にかこつけて何か別のことを語っているのだ。それを知りたかった。

雪に白く染まった北の町《セプテントリオ》を歩きながら、タルボットはそんなことを考えていた。後ろから凍った雪を踏みしだく足音が近づいてきた。振り向く前にバルフだとわかっていた。

「タルボットさん。ぼくを助手にしませんか。もう大学は飽きました。いつまでたっても学生にはなれっこないし大体のところはわかりましたから。……ふと、ぼくがここにいたのは、タルボットさんを待っていたのかもしれない、と思いましてね。いわば運命を感じたのです」

バルフの言葉はタルボットを驚かせた。そして考えてみると、バルフを守り教育する人間がいるとしたら自分しかないと思ってしまった。

「ヘスペリアに行きたいのかね。蜜と愚者の国へ。あそこなら君は王子だ。嫌われ者の……」

「いいえ、セウェルスに行きます。あなたも一緒に行きましょう。そして教皇庁の秘密を解き明かしましょう」そうバルフは言ったのだ。

不思議な少年だ、とタルボットはまず思った。次にこの少年は何を知っているのだろうか、その知識や情報の出所はどこだろうか、と考えた。

「大変なことを言うね。どこで知ったんだい。わかっていると思うけどおおっぴらにしゃべることじゃない」

「へへへ」とバルフは嫌な声を漏らした。「以前、大学で神父さんと知り合ったのです。過去に教皇庁に居たと言ってました。学生ではなく、許可を得て調べ物をしていたのです。ぼくも手伝いました。その時いろいろと話を聞きました。内輪の話を」

「まあ、生半可の知識は人をお喋りにさせるというからね。で、何を調べていたの」

「代々の教皇の記章《メダイユ》が教皇庁の売店で売られています。刻んである教皇の像には『幼な子』が必ず描かれています。教皇に抱かれたり、手をつないで一緒に歩いていたり、教皇のうしろに佇んでいたりします。あの幼な子は教皇庁が出現を待っている救い主と言われていますが、神父さんは違うとおっしゃるのです」

タルボットはこのことを知っていた。神父のことではなく、教皇と一緒にいる侏儒のことである。

「ああ、あれは何かの象徴だと思っていたが実は実在していたらしい。見たことはないが……」

「ですからセウェルスに行こうと申しあげているのです」バルフはタルボットの両腕をつかんだ。「それがセウェルスの秘密、存在理由なのですよ」勝ち誇ったようにバルフは言った。

雪と氷に閉ざされた学問の町で、この少年は頭が良く、有能で、過激な考えを持っていた。タルボットは自分が飲み込まれてしまうような不安定な気持ちと同時に、大きな期待、生きる希望のようなものを感じた。

結局はタルボットはバルフとセウェルスに行くことになったのだが、経緯《いきさつ》は以前の計画とは異なる事になった。

北の町《セプテントリオ》を去る日が近づくと、バルフは当然ながら以前にも増してタルボットに近づいてきた。自分の書いたものや大学の資料の写しなどをタルボットに見せ、保存するに値するものか尋ねるのであった。

そのなかに木口木版の教皇のお札《カルタ》があった。、老人が片手に杖を片手に子供の手を取り、子供の指差す方向に顔を向けている。これはメダイユと似た筆致と構図だが、背景には枝が落ち幹だけになった枯れ木があって、その洞《うろ》の奥に暗闇の中で二つの目だけが覗いている。

これは面白い、とタルボットは思った。老人である教皇と子供である侏儒、それを見ている隠れた人物が居る。いわゆる『神』であろうか。

寒い国にも待ちに待った春が来て学生は卒業の時期になった。学問をさらに続けるのか、もう十分だと諦めるのか、あるいは自分にはふさわしくない分野であったと後悔するのか。学生ではないバルフも自由になる、と言っていた。それはタルボットの助手になる、いやタルボットを取り込むということだった。一方タルボットはバルフの示す『教皇庁の秘密』に強い興味を抱いた、が直接セウェルスに行くのではなく、近くの村に足場を作り、そこを基点としてセウェルスを探求しようと思った。調査対象とは別のところに安心できる住処《すみか》を確保したかったのだ。

バルフがそれには最適な場所がある、と言った。

「近くの森に古い村がありますよ。たしかネムスといいます。昔、軍隊が駐屯して村ができたのです。長い年月ののち、軍隊は撤退し村は捨てられましたが、いつからか人が住み着くようになったのです。古い村ですが今の住民が建てたものではありません。ですから住民の知らない場所や隠れた建物があったりすると聞いています。面白そうでしょう」

今後の行動についてバルフが決めているので、タルボットも決まっているように思っていたが、自分が決定権を持っているという基本的なことを忘れていた。一度故郷に帰り両親に勉強の成果と今後の身の振り方を話そうと思った。バルフは見栄えや行動が立派なので連れて行くことにした。

しかし西の果て《ヘスペリア》に帰ってみると、両親は亡くなり姉のマーガレットと女中のフェリシテがふたりを迎えてくれた。

「リチャード！　あなた何て人なの。素晴らしい登場の頃合い。会いたかったところよ。相談があるの。父と母は村の人たちが協力してくれて後始末も済ませたわ。それで」と声を小さくして「一緒にここを出ましょうよ。あなたもここは嫌いでしょ？　お金はたくさんあるわ」

リチャード・タルボットは、姉が会った途端に長い間会わなかったことを嘆いたり互いの消息を儀礼的に聞き返すことをしないで、実際的なほとんど命令のようなことを述べ立てるところに彼女らしさを感じた。そしてあらためてこういう人だったことを思い出した。

のちに姉のマーガレットは父が亡くなったあとに生じた伯父との諍いや、父と同じ症状を模倣したかのようにたどって結局は亡くなってしまった母の顚末をリチャードに語るのだが、そのときも数学の問題を次々と解いていってその方法を解説する教師のようだとリチャードは感服した。

姉はバルフに興味を示さなかったが、フェリシテは笑顔にあふれていた。

自分も若いつもりだが、本当の若さをこのフェリシテとバルフが体現しているのだとリチャード・タルボットは認識した。


暖かい豊かな国から静かな収穫のない自然に囲まれた地域に移動した四人はおそるおそるネムスの森に入った。

姉と弟、それに血のつながりのないふたりの年若の男女であるが、リチャードは自分たち四人はまるで家族のようだと思った。

森は日の光をあまり透さず落ち着いた薄暗さに満ちていた。巨木の根元に白い珠を付けている待雪草《スノードロップ》だけが早春の希望のように輝いていた。何年分も積み重なった落ち葉の道を森の奥までたどると水の音が聞こえてきた。

「川がある？」バルフが誰にともなく声を出した。「もっと大きな音じゃありません？」フェリシテがおずおずと反応した。「滝かしら……」山毛欅《ぶな》の大木に隠れて滝があるのが、道をすすむにつれてわかってきた。

「本当だ」とバルフが驚く。滝は小さなもので、岩の多い滝口から川になって森の奥に流れていた。

「この川下がセウェルスです」バルフが言った。「セウェルスの川の真上に教会があるはずです。それが重要です」滝口の開けた場所から周りを見渡していた姉のマーガレットが言った。

「古い家がいくつか見えるわ。ここがネムス村なのね」

楢《なら》や梣木《とねりこ》の葉の隙間から古びた家や塔を備えた比較的大きな石摘みの家の煙突が見えた。そしてその先に尖塔があり、それがリュシアン神父の教会だった。


「みなさんにお会いできたのは神さまのお導きです」リュシアン神父は四人を礼拝堂に招き入れたあと全員の顔を眺め回しながら言った。「この村は稀な歴史をもっています。せっかくですから長くならない程度にお話いたしましょうか。昔、海の彼方の国がこの大地に領土を広げようとしたのです。そしてこの辺境の地にまで兵士を送り込んだのです。森の中に住処が作られ兵士は蛮族の侵入を防ぐ防波堤のような役割を担っていたのです。しかしようやく姿を見せた「蛮族」はおとなしい良い人たちだったのです。はじめは警戒していた兵士も蛮族と道具と食料を交換するほど親しくなり、平和に暮らし互いの間に子供が生まれるような仲にまでなったのです。ところが本国で謀反が起こり兵士に帰還の命令が出たのです。村は捨てられ戦士は消えました。しかしそこに新たに住み着いたのは親しくなった蛮族や戦士の子供ではありませんでした。その理由はわかりません。長い間人から見放された村に住み着いたのは遠くから故郷を追われてここまで逃げてきた放浪者や犯罪者だったのです。わたしの祖先もそのなかのひとりだったのでしょう」リュシアン神父は話を区切ってふたたび一同の顔を見回した。

タルボットはこの仕草が気に入らなかったが、神父におもねって頷いてしまった。

「古い建物が残っています」神父は一呼吸置いてから続けた。「お使いになってかまいませんよ。修繕が必要になると思いますが……。ちなみにこの教会も先住者が残していった砦の一部です。その所為《せい》で奇っ怪な絵や彫刻にあふれていたそうです。ほとんどは破棄したりしかるべき所に引き取っていただいたりしました。しかし直接壁に描かれていたり石材と一体になっているものは別の絵を掛けたり棚を取り付けたりして、あまり人目に触れないよう処置したそうです」

神父の話がここに至ると、タルボットにはバルフの反応が感じられた。すぐにもその『奇っ怪な』作品を見たいと神父に申し出るのではないかとタルボットは予想した。ところが姿勢を正したままのバルフを意識していると、姉のマーガレットが口を開いた。「その絵や彫刻見せていただけません？」

神父は怪訝な表情を浮かべた。

「好ましいものではありません。過去の異教徒《バーガーヌス》のものです。ご覧にならないほうが宜しいですよ」「そこをお願いしているのです」マーガレットが冷静に言った。「そんなにおっしゃらなくても……」神父はマーガレットの意外な反応に戸惑い、口ごもった。「まあ、今日ははじめてですから、あまり無理を言わないでまた今度の機会にといたしましょうよ」タルボットがたしなめた。その場はそれで収まったが、タルボットは素朴な神父に悪いことをしたという罪悪感を感じた。もちろん姉のマーガレットの奔放さがもたらしたことだが、自分に責任があるように感じてしまったのだ。非論理的であるが、彼はこのように時々負う必要のない責任を負ってしまうのだった。学者なら幼児期の親との関係に注目するかもしれない。しかし特殊な考えの論理に適《かな》ったとしても、そのように成長してきた本人は、見通していると言わんばかりの学者の傲慢さに不快感を持つだけだ。


こうした記憶に残る人や物との出会いののち、疑似家族はネムスに住むこととなる。目的であるセウェルスの探索もはじまった。

ある日、バルフは単身でセウェルスに今行ってきたとタルボットに告げた。「神父さまに会って来ました。どうやら僕を使ってくれそうなのです」

タルボットは意外には思わなかった。バルフの積極性や賢そうな受け応えは魅力的だし、素直な態度や言動は本来のものだから快い印象を与えるのだ。

「使ってくれるって、教会でかい？」「はい、神父さんお一人なので雑用係を探していたらしいのです。教会の仕事を覚えたら留守を任されたりしますでしょ……。そうそう、タルボットさんのことも言っておきました。父代わりだって。今度ご一緒しましょう」――ということは、とタルボットは考えた。――教会の探索のはじまりだ。

初対面のカルタン神父はタルボットに気を遣っていた。身体を、顔を、観察するのだがタルボットやバルフの視線を察知するとあからさまに目をあらぬ方向に逸らす。

「ヘスペリアには伺ったことがあります」バルフの紹介が済むとカルタン神父は口を開いた。「一度だけですが、暖かく豊かな土地ですね。あんな所で老後の人生を、と考えたこともあります。わたくしが使命を果たし、皆に満足いただけたらのお楽しみに、と今は考えております。わたくしは果物が大好きです。こちらでは手に入らない豊かな果物！　そう！　堕落も恐れているのです」カルタン師は微笑んだ。

「私はおっしゃるような環境にどっぷり浸かって人生の大半を過ごしてきました」タルボットが話を引き継ぎ付け加える。「しかし私自身はどうもうまく適応できなかったようです。人々や周囲への違和感を子供のころから感じていました。みんなが疑いもなく信じているものを私は信じられませんでした。ただ拒否しているだけではいけないと思い、それなりに勉強し先日までセプテントリオの大学にも行っていました。――そこでこのバルフ君と出会ったのです」

カルタン神父は小さく数回頷いた。

タルボットはバルフが大学で出会った教皇庁にいた神父というのは、このカルタンであると一目見た時から信じていた。そして心底からの考えをつぶさに聞いて見たいと思った。それはタルボットの迷いに光を与えるだろう。

気弱そうな視線を彷徨《さまよ》わせるにこやかな神父、彼はすでにタルボットの通って来た道を通過し、タルボットのこれから目指す道を歩いているかもしれない。

「タルボットさん、でしたよね」カルタンはタルボットを正面に見据えて言った。「信仰に迷いがあられるとうかがいました。わたくしも未だに迷っています。信仰とは何でしょう？　わたくしは信仰を押しつけようとは思いません。それをするのは自分の信仰に確信を持てない者です。他人に勧めるほど自分の信仰は強固なものだと思いたいのです。人は不思議な心を持っていて、自分を納得させるために奇妙な行動をとったり、偏った考えを正しいものだと確信してしまうことがあります。もちろん、わたくしとても例外ではありません。ですから時々、自分に問う事にしています。間違った行動をしていないか、謙虚さや慎ましさを忘れていないかと」カルタンはちょっと微笑み、続けた。「今はまだ大丈夫なようです。この教会の前任者アリウス師が教皇になられた事で、セウェルス教会も少しは有名になりました。ではその話をいたしましょうか。当時わたくしは教皇庁におりました。なんとわたくしは教皇庁で人々が集まることの恐ろしさを体験したのです。人々は群れをなし、争うのです。群れと群れとの間だけではなく、群れの中でもその群れを支配しようと……。わたくしにはとても幼稚な事に思われるのです。そして常に混乱があります……。少なくとも救世主の訪れを待つ者たちの間にそのような権力の欲望に取り憑かれた者が沢山いることにわたくしは驚きました。考えてみれば組織とは上下の立場を明確にするために創られるのかもしれません。命令する者、命令される者、両者がそろって組織は機能するのでしょう。わたくしは組織そのものに存在する悪を知り、金輪際、組織に加担しまいと決意しました。そして教皇庁を退き、セウェルス教会への赴任を希望したのです」一旦言葉を断つとカルタンはちょっと恥ずかしそうに続けた。「普段にもない強いことを言ってしまいました、お許しください。思いが深まるとそこに執着してしまう癖があるようです。もちろん人々は必要です。少数の気心の知れた人々と暮らすのは理想でもあります」

「ここがそうですね」バルフが付け加えた。「ぼくたちもお邪魔はいたしません。いろいろお教えください。アリウス教皇のことがやはりぼくには強く印象付けられました。今のお話では直接の接触はなかったのですね」

カルタンは言い淀み、戸惑った様子で話を続けた。

「ええ。彼が教皇として迎えられる時にはわたくしが教皇庁を去ってしまったものですから……。教皇というのはそれは大変な地位ですから、この教会の引き継ぎもあのネムスのリュシアンさんがなさってくださいました。まあ、大した内容もありませんでしたが、ひとつだけ気になることもあったのです。そこで落ち着いてから自分の宿題として調べてみようと思ったのです。その縁でバルフさんともお知り合いになれて、今度はタルボットさんでしょ。人の縁というのは面白いものですね」

バルフはタルボットをいわくありげに見て、言葉を継いだ。

「ぼくが勤めをやめてこちらに来たのも、カルタンさん、タルボットさんおふたりのおかげです。なんだか満たされない思いがいつもぼくの胸にわだかまっていて、どうしていいのか判らなかったのですが、おふたりのおかげで行動する決心がつきました。そしてカルタンさんに勧められて教会の祭礼や儀式のことを学ぼうと思うようになりました。何かに専念して悩みや問題から気持ちを離して、また気持ちが落ちついてから考えてみようと思うようになりました」

「そう、そう」とカルタンが後を続けた。「バルフくんが協力してくれるそうで、わたくしも大助かりです。タルボットさんにお知らせするのは初めて？　ま、そういうことになりましたのでよろしく」

カルタン師の口振りが打ち解けてきたので、タルボットも安心した。バルフは教会に入ることになった。『潜り込む』と表現できるかもしれないが、バルフの真摯な心を知っているタルボットは、バルフの行動は教会の秘密を知ることだけを目的としたものでなく、宗教に対する真の関心も大きな部分を占めていると思っていた。

ところでタルボット姉弟はバルフを置いて西の果て《ヘスペリア》に一度戻らなければならなくなった。以前も一悶着あった伯父から手紙が来たのだ。姉弟がそのままにしておいた館を買い取りたいという。売るのはやぶさかではないのだが急いでこちらに来てしまったため（あなたもここはきらいでしょ）、さまざまな品がそのままになっている。そのなかには他人に見せたくないものも多数ある。リチャードが大学に行くとき置いていった、禁書、異端の宗教書。父やマーガレットの趣味である、怪しげな絵画、奇妙な彫刻、などの蒐集物、リチャード・タルボットは普段でも心配の僻があり、いち早く帰り問題になりそうな品物を処理しておかないと伯父はかってに館内に侵入し、それらを発見してしまうのではないかという空想めいた怖れに苛まれていた。伯父はそういうことをしても不思議ではない人物なのだから。さらにマーガレットが、父は伯父に借金をしている可能性があるとも言う。

手紙だけでは不確かで伯父とも直《じか》に話をしなければならないし、現状の確認も必要と思い姉弟はとりあえずヘスペリアに帰ることにした。

バルフは残ればいいがフェリシテにどうするのか尋ねたところ、ネムスに残ってバルフや、できたらカルタン師の食事や身の回りのお世話をしたいと言う。そしてカルタン師もどうやらそう望んでいるらしいのだ。

「じゃあそうしましょう。そうしてください」マーガレットがフェリシテに言った。

フェリシテはいつものにこやかな顔で「はい」と言った。

タルボット姉弟が故郷に帰り、バルフとフェリシテはふたりだけになってしまった。そしてお互いに初対面で抱いた好意は、日を追うごとに強くなった。ふたりで長い時間を過ごしてもあっという間に感じたり、少しでも会わずにいるとその時間がとても長く感じたりするようになった。

フェリシテは母が作ってくれた人形を今でも持っていて、幼いときのように一日の終わりにその日に思ったことや出来事を話すのだった。

「ねえお人形さん、フェリシテちゃん。わたしはこんなにお姉さんになったけど、あなたのことは大好きよ。だって同じ名前ですものね。それであなたにねえ、良いお知らせなの。若旦那さま（リチャード・タルボット）、マゴットさま（マーガレット）がお帰りで、わたしたちはバルフさまとふたりだけになったのよ。ふたりだけって言っても怒らないで、あなたはバルフさまの前では隠れていなくちゃね。わかるでしょ。そしてわたしはカルタンさまのお世話もすることになったの。今までどうしていたんでしょうね。お一人で何でもできるっておっしゃってたけど、わたしが見たところではやっぱり男の人よね。これから今までより気持ちよくお暮らしになれるわ。そうすればバルフさまのお勉強も進むことになるわ。ああバルフさま、いままでに見たことのない人ね。理知的で親切で優しい、何よりも話し方がすてき。こんな方のお世話ができてとても嬉しいの。ね、フェリシテちゃん、今夜はこんなところね」

外はもう暗くなっていた。フェリシテが人形を裁縫道具の入ったバスケットに仕舞おうとしたとき、ふと見た窓に黒い影が差していた。もうすぐ帰ってくるはずのバルフのシルエットではなかった。

フェリシテは怖くなり、鍵を掛けてない入り口の扉に施錠しようと近づいた。

その時扉は勢いよく内側に開き、フェリシテは思わず奥へ逃げた。

部屋に入ってきたのは生地が切れ垂れ下がった上着を着た背中の曲がった老人だった。戸惑った様子ながらも、ゆっくりとフェリシテの方に、部屋の奥によろめきながら近づいてきた。歯の見えない空洞になった口から荒い息をしている。焦点の外れた目を左右に動かし、だらしない口を開き聞き難い言葉を発した。「怖がらんでもいい。何もしやしない。あいつを探しに表に出ただけだ。知らんかね、わしの息子を。ちょっと具合が悪くなってな、あいつがわしの薬をどこに仕舞ったのか知りたいのだよ」

老人の魚臭い息を我慢しながらフェリシテは「存じません。わたくしどもはここに来たばかりです」と小さな細い声で言った。恐怖で声が出ないため仕方のないことだった。

老人は当然、良い耳は持っていないであろう。「何だって、もう一度大きな声で、お嬢さん」と息のもれる声で言い、促すように手をフェリシテの体に差し出した。

フェリシテは恐怖で体が動かなくなってしまった。しかし開いたままの扉からバルフが入って来たのを見開いた目の端でとらえた。

バルフは扉から室内に入るとそこで立ち止まり、突然の異変に驚いて室内を見渡した。フェリシテに危険が近づいているのを察知し、落ちつかなければいけないと、自らに言い聞かせ、フェリシテに向かって軽く手を上げ安心させようと合図した（大丈夫だよ、ぼくがすぐに助けるよ）。

それを見たフェリシテは笑顔を作ろうとこわばった唇を動かそうとしたが、不自然なゆがんだ顔になってしまった。

その時、バルフが突進した。勢いをつけて老人の後ろからフェリシテに向けられた腕を押さえ、片手は老人の胴体に巻きつけ思い切り全体重を掛けた。フェリシテからなるべく離れるように左側に向かうように力を加えた。

老人にはほとんど手応えがなく、藁人形のような軽さで力のままに前方に倒れた。バルフは人間を相手にしている気がしなかった。しかし虚ろな音がして、老人の眉間が暖炉の角に強く当たったのがわかった。そして腕も胴も足も力が抜けていた。バルフはゆっくり腕をほどき膝をついて立ち上がった。

「大丈夫？」とフェリシテが言うが、バルフはうつ伏せの老人の体を仰向けにして額の傷を確かめていた。「どうなのだろう。傷は深いようにも見えないが。それで一体何があったの。これは知っている人？」

それを聞くとフェリシテは泣き出した。「突然この人が入って来たの。わたしは大丈夫。でも誰なの？　ここのお家《うち》のひとなのかしら」

「リュシアンさんを呼んでくるよ。ああそうだ。一緒に行こう」

バルフはフェリシテの肩を抱きかかえるようにして家を出た。老人の身体（死体？）をそのままにしておくのに忍びなくて、寝室にあった毛布を掛けたが、あの毛布は二度と使えないだろうと思った。

死体はリュシアン神父の父であった。

次の夜、リュシアン神父は司祭館で葡萄酒を飲んだ。普段はそんなことはしないのに、その夜は飲みたい気分だった。台所の地下戸棚から父の集めた葡萄酒を一本取り出した。瓶は埃がうっすらと付着していて掌が灰色に染まった。

狂瀾の昨夜が過ぎひとりでそのことを反芻する。

はじめにバルフとフェリシテが司祭館に駆け込んで来たのだ。どちらかといえばフェリシテの方が落ち着いていた（事件の衝撃でぼんやりしていただけかもしれないが）。バルフは明らかに動揺し顔色も青かった。

「大変です。神父さん、すぐ来てください。人を殺して仕舞ったかもしれません」

「お年寄りが突然お家に入って来たのです」フェリシテが後を続けた。「それでわたしの方に向かって来たのです。わたしは体が動かなくなってしまって、とても怖かったのです。その時バルフさんが飛び込んで来て助けてくれたのです」

リュシアンは何よりも「お年寄り」という言葉に反応した。そして、父が外に彷徨《さまよ》い出たのではないかと想像した。

嫌な想像だったが、ありそうなことであった。父はもうすっかり老いぼれてほとんど外出することはない。むしろ外出しないほうがリュシアンにとってはありがたかった。何をしでかすかわからないし、どんな事故にあっても不思議ではない。

しかし、かつての父は偉大な人物であった。子供のころのリュシアンはよく父に連れられて晴れた日の夕方、散歩に出たものだった。森のなかを歩きながら（いつも大体の道順が決まっていた）いろいろな話を父はしてくれた。そして散歩の目的ともいうべき大きな楢《オーク》の木があった。そこに来ると父は長い間木を見上げ、それからおもむろに幹に抱きつくのだった。

普段はいかめしい父が小さな子供になったようで、奇妙な感覚をリュシアンは覚えたものだった。

父の子供のころの話から導き出される時代の変化の話、しかし変化させてはいけないものがあり、それがその人間の価値を決めると言っていた。大人になって思い出してみると、この話と楢の木は結びついていた。父は当時、時代の変化に戸惑い抵抗していたのだと思う。そしてそれはリュシアンにも受け継がれた。

――思いが枝葉の方に行ってしまった。そうそう、バルフとフェリシテが来たのだった。

それからすぐに、バルフに促されてリュシアンはその家に向かった。もちろんフェリシテも続いた。その最中もバルフは「ぼくは人を殺してしまった」と嘆き続けていた。それに対しフェリシテが「まだ亡くなったわけではないのよ」と励ますような慰めるようなことを言っていたのがリュシアンの記憶に残っていた。

さて、その家に入ると入り口からすでに、人体らしきものが見えた。古い毛布を掛けてあり、リュシアンは内部の形を想像した。うつ伏せで手足を長く伸ばしているだろうと。

こわごわ毛布の端をめくると見覚えのある靴が見えた。「ああ」とリュシアンはため息のような声を発し「わたくしの父です」と言った。「ああ、間違いありません」と毛布を剝ぎ取って顔を確かめ、手をかざし「息がありませんね」と呟いた。

──そうして、教会に運んだのだ。今は教会で葬儀を待っている。

リュシアンは葡萄酒を一口ふくんで思い出した。飲み干すと久しぶりの刺激と香りと味がリュシアンを満たした。

──問題はその葬儀だ。

現在は教皇庁の力が強く昔の信仰は忘れられつつある。しかしリュシアンの父の代までは古い村に伝わる名のない信仰が主流だった。体系付けられていない何だかはっきりとはしない言い伝えのようなものが信じられていた。そして父親の葬儀、死体の処理はこの村では決まっていた。現在、曲がりなりにも教皇庁から認められた神父であるリュシアンにはこのことにいささか抵抗を感じていた。

──しかし、父は昔からの作法が自分に取って自然だと思っているはずだ。わたくしもじつはそう思っている。古くからの村の仲間が助けてくれるだろう。

日頃飲み慣れない葡萄酒をたくさん飲んだ所為でリュシアンは横になりたくなった。

寝台に体を投げ出すとどこまでも沈んでゆくような感覚にとらわれた。暗闇のなかを落ちて行くようだ。

――でも、目は回っていない。悪い感覚ではない。

いつの間にかリュシアンの体は大きな樹の枝葉の上に着陸した。

――これは父の愛した楢の木だ。真上に落ちたけど、まったく痛くはない。夢のなかだからか。枝先は背中に突き刺さらないし葉っぱは天鵞絨《びろうど》のようだ。

体を動かすと木の幹が目の前にあった。

枝をたよりに幹を少しずつ降りてゆくと地面が騒がしくなっている。

何事かと見ようとするのだが、どうにも目の焦点が合わない。三人以上の人間がいるらしい。男も女もいる。何か喋っているのだが、人間の声か動物の声かそれとも自然現象が奏でる音なのかわからない。耳を澄ませて音の抑揚に拍子を合わせると、言っていることが理解できるようになってきた。

まずは男の声でこう言っているのが聞こえた。

「早すぎたかな？」

それに女の声が応える。

「そうね。四、五年ね」

「そうかい、その正しい時期、つまり四、五年先にはどんなきっかけで出るのかね？」

「教皇庁の使者が来るのね。それで人が集まる。それに乗じて登場ってわけ」

「なんでそんなもんが来るんだ？」

「教皇さまのご用事でしょ。セウェルス教会の神父をなさってたから、故郷が懐かしくなったんじゃない？」

「そんなもんかね。ところで俺たちの故郷はどこなんだ？」

「地獄？　天国？　土の上？　海ではないわ」

「海の神さまは美しい人間を欲しがるというからなあ」

「だからどうなのよ」

「いやいや、一般論さ。あるいは俺の無駄口。実際の人間のことをどうこう言ったわけじゃない」

「わかったわ。で、今すぐ次の出番があるのよ」

「四、五年先と言ったばかりだ。解せないね」

「早く来すぎたから、辻褄を合わせることになったの。まあ、楽しく演《や》りましょうよ。衣装や道具は用意してあるはず……」

次第に声は遠ざかって行き、また人間の声から離れ、動物の声に、ついには風の音のようになり、全く聞こえなくなった。しかし少し時が経つと一旦去っていった人が忘れ物を思い出して戻って来たように、ふたたび声が近づいて来た。

「リュシアンさん。神父さん。私たちは手伝いますよ。協力しますよ。お父さまを送りましょう」

声に気がついたリュシアンは自分の体を確かめた。同じ寝台、同じ司祭館だった。机の上に葡萄酒の瓶と盃が載っているのも見えた。

――夢の中で迷子になったようだ。でも最早、夢だとわかった。すると外から呼びかける声は現実だ。

その声は司祭館の扉の外からだった。リュシアンはガウンを羽織って部屋を横切り入り口の扉を開けた。

そこには数人の村人が正装して待ち構えていた。

「リュシアンさん。昔どおりにやりましょう。これからお父さまをやすらぎの場所にお連れしましょう。一緒に滝に行きましょう」

バルフは普段は静かな村が騒がしくなっているのに気がついた。数人の集団が小さな声で何かを唱えながら行進しているのだ。耳を澄ますとこんな風に聞き取れた。

命はあまねく世界に降り注ぐ。
その中の一滴がこの体に宿り、ひとつの生命を全うした。
そして今、命は初源に帰る。
嘆くことはない。
命の営みは打ち寄せる波のごとく繰り返すのだから
今暫《いましば》しの休息を与えたまえ。
味寝《うまい》の果てにまた命は新しい体に宿り
新しい営みがはじまる。
より正しく、より誠実に、より美しく。

だから嘆くことはない。
思い出が人を癒すようになるまで
悲しみは死者の残す唯一の遺産なのだから。

フェリシテはすでに起きていた。「きっとお葬式よ。わたしたちも行かないと」

「ああ、そうだね。ぼくのせいだから、出るべきなのか出ないほうがいいのか、判断ができないよ。ぼくは儀式が嫌いなんだ。個人の思いに、悲しみや後悔、お詫びやその人の人生を考えること、そんなことをするには儀式は邪魔になるような気がするんだ」

「わたし見に行ってくるわ。どんな様子か、すぐ帰ってくるから、それから決めてもいいじゃない。そもそも、こんな時間にやるのはおかしいと思うの」

フェリシテは少々憤って外に出た。

まだ日の出前で、月明かりに数人が列を作って滝の方角にゆっくりと行進している。苔と蔦におおわれたねじれた楡の木を迂回する道に沿って列が曲がった時、先頭にリュシアン神父の姿が見え、フェリシテは足早に近づいた。その途中で四人に担がれた寝棺を横目で見ながら追い越した。担ぎ手は全員黒い布の仮面を着けていた。

神父はフェリシテの姿を認めると微笑んで「バルフさんはどうしました？　お誘いしたかったのですが勇気がでなくて」と恐縮したように言った。

フェリシテは言った。「バルフさんはとても敏感になっているようです。それに悲しみと後悔とで勇気を失っているみたいです」

「もし来られるようなら誘ってみてください。滝の裏側に行きますので」「滝の裏側？」「ええ、実は滝の裏側に洞窟があってこの村の昔からの墓場になっているのです。そこに父の亡骸を運んでいるのですよ」

フェリシテはバルフを誘いに戻る必要はなかった。バルフが駆けて来たのだ。

バルフは家を出ると森の暗闇にたじろいだ。

室内は暖炉の炎で暖かく明るいのだが、外は真の闇で冷たい風も吹いている。

突然身体に感じた激しい衝撃は、まるで人殺しになってしまった自身の現在の姿を象徴しているようだ。

今回、隠れていた暴力が表に出てしまったことはバルフにとって衝撃だった。

初めての出会いが、殺す者と殺される者として終焉してしまうのは何という残酷なことだろうか。しかし考えてみれば、それは自然界にはよく見られることだ。蜘蛛の巣に捕らえられた複数の虫、それらを監視しながら自ら張った糸の上を動き回る蜘蛛。

自己の生存のためには他者は餌食であるという機構《メカニズム》はおそらく自然の哲理だろう。

しかし自然から離れてしまった人間はそのような直截な行為を、見えないところに追いやるようにした。

だがいくら表面を取り繕っても、人間の内部には本質的な凶暴性が秘められている。

その現実に耐えられなくなり、倫理や道徳そして宗教などを作りあげたのだろう。

バルフは人間の不思議を考えるのに、この人間の作った神さまを良く知りたいと思ったのだ。神とは何なのか、そして神を待つ集団、教皇庁とは何なのか。

今、バルフは村の葬送を見に行こうとしている。葬送者が唄う歌から考えるに、ここには教皇庁が支配する以前の死の捉え方が残っている。

自分の犯した殺人は事故なのだ、それはわかっているのだが気持ちは晴れない。

敵意も憎悪もない殺人であるからこそ、気持ちのやり場がない。だから自分は高尚なことを考えてそこから逃げようとしている。早足で歩きながらこう思った。

そのうち葬送の列が見え、フェリシテの姿らしき影も確認できた。あの痩せた影はリュシアン神父だろう。

速度を速め列に近づいた。思ったより少ない人数、四人が棺を肩に担いでいた。四人とも鼻の付け根までのマスクをしている。黒い光沢のある布のマスクで目のために開けた穴から瞳が光るのが見えた。

フェリシテと神父はバルフの方を振り返った。

「大変でしたね」神父がかすれた声で言った。「これから秘密の場所に案内いたしますよ。実はねえ。この村の人たちは（わたしの祖先もそうなのですが）、死後の復活を望んでいると云うか信じているのですよ。で、遺体は滝の裏にある秘密の洞窟《クリプタ》に安置して、復活しても仲間と一緒で安心できるという仕組みなんですよ。だから父もいつかは生き返ると考えれば、気持ちが楽になるかもしれません」

バルフのために言っていることは明らかだった。

フェリシテも言葉を添えた。「神父さまは祈り続ければ願いは叶うとおっしゃるのよ。バルフさんわたしと一緒に祈ってください」

バルフは二人の優しさに驚き感謝した。

遺体置場《クリプタ》への道を進むにつれ、滝の音が近づいてきた。

この辺りは初めてネムスに来た時に探索した場所だ。

滝は大きなものではなく、その裏側にある洞窟の存在を知ってるのなら、飛沫に三分の二ほど隠れている目標《めじるし》の岩が見て取れる。

リュシアン神父はバルフとフェリシテに滝の斜め前からその位置を指し示した。

「ここに入るのは、ああもう何年振りでしょうか。若かった頃この（と寝棺を見て）父に連れられて参りました。その時に向こう側へ渡る方法を教わったのです……。川はおおむね深いのですが、実は浅い部分もあってその位置を知っていれば、あまり靴を濡らさずに渡り切れるのです。それには目標にする木が向こう岸の近い位置に一本、遠くに三本あって、近くの一本と遠くの三本が次々と重なって見える場所に移動しながら渡るのです。それはいいのですが……、その目標の木がどうにも判別がつかなくなってしまいました」

神父は困った様子でため息をついた。「木は伸びたり、切られたりしますからね。遠くの三本はどうにか目星をつけているのですが、肝心の川沿いの木が見つからないのですよ」

その時、棺を担いでいる先頭の男が「神父さん、川をよくご覧なさい」と言った。担ぎ手たちはそのまま下流の方に移動していた。「綺麗な水です。底までは見えませんが、踏み石が見えますよ。渡れそうです」

その通りだった。澄んだ川の流れのごく浅いところに楕円形の石が見えるのだ。その先に目をやると菱形の大きめの石も見えた。

興味深そうに見つめていたバルフは、ぼくが渡れるかどうか試してみます、と神父の了承を得るように言い、おそるおそる川の中の石の上に乗り、慎重に歩を進め向こう岸まで渡りきった。

「ほら、渡れました。でも棺を持って渡るのは難しそうですね」と川向こうからバルフが言う。彼は素手だったが、飛び石の間隔や、石の表面の滑りやすさから、渡り終わるまで機敏な動きが必要だったようだ。

「神父さん」今度は棺担ぎの男が言った。「棺を水に浸けてもかまいませんか？　川の上を小舟のように動かしましょうよ。ちょうど先が尖っていて波を切って進みますぜ」

リュシアンは口を開いたが、言葉は出なかった。

ふたたび男が言う。「舫綱《もやいづな》を使ってみましょう。一人が乗って川に張った綱を手繰《たぐ》れば渡れるでしょう」

「乗ってと言うのは、棺に乗るのかね？」リュシアンも今度は声が出た。

「さもなければ金具を取り付けますか？　乗ったほうが手っ取り早いでしょう。身軽な者といえば、おまえかな」

フェリシテではない少女が頷いた。棺を担いでいる四人のひとりで服装は他の人と同じだが（マスクもしている）、確かに体つきが少女だ、「わかりました。綱を二本、平行に張って（両岸で持ってもらってもいいです）。それを頼りに渡りましょう。棺を両足でしっかり挟みたいところですが、とても届きません。後ろ向きに棺の上に腰をおろしますから、もうひとりがわたしの脚を両腕の付け根あたりで押さえて、両手、両足で棺に抱き着くように保持すれば良いかもしれませんね」と言った。

「さすがだ。ではマリータと二人でやってくれ」

もう一人年嵩の女が、わかりましたと応え、四人は棺を向こう岸に渡す準備を始めた。

その間、神父とフェリシテ、バルフは取り残された状態になったことから、自然と話を始めた。

バルフはしばらく躊躇したあと口を開いた「復活を信じます？」バルフの見方によっては無遠慮な質問も、神父に馴れ人柄を知り本音が言えるようになった証左であろう。

それに対してリュシアン神父は考え考え次のように語った。

「それは昔、子供のころから考えていました。神の存在に対してもそうですけれど、まずは信じることが大切だと父から教わりました。実際に見ていないと信じないという人がいることも知っています。でも、一人の人間の経験は限られたものです。見たものでないと信じないというのはあまりにも狭い見解ではありませんか。信仰は内に秘めた思いです。実際にあろうがなかろうが、自分はこう思うと主張することを私は善《よし》とします。現実に縛られた生き方から脱したいために信仰の道を選んだのではありませんか。さらにその現実自体がそんなに確かなものではないでしょう。えらそうな事を言いましたが、これはカルタン神父から伺ったことです。私も信仰のことを尋ねたことがあったのです。すると、カルタンさんがお話ししてくださり、私はこんな風に理解しました。あなたは今カルタンさんの元で勉強なさっているから、いずれご本人がおっしゃることを聞く機会があるかもしれません。そしたら、私の話は忘れてくださ い」

バルフはあらためてリュシアン神父が好きになった。それでつい微笑んでしまうと、神父は神の話をしてくれた。

「神はどこに居るのかわかりません。ほとんどの人間には神は見えません。では、神はどこにでも居てあらゆるものを見ていると考えたらどうでしょう。神に見られて暮らしている。これは嫌な気詰まりなことでしょうか。私はそうは思いません。神さまに見守られている、と思えば毎日の生活が安心できます。そして少し考えてみれば、神とは自分以外のもの、自分の知っている人間や社会を超えた、根本の基準となるべきものではないかと思い至ります。それは実際に存在しなくても良いのです。人々は自分が神だと思うものを想像する、あるいは創作する。時には自然物に神の意味をゆだねることもあるでしょう。そしてそれを生きる指標として心に刻むのです」

語り終えると、リュシアンは顔を赤らめ疲れた様子で沈黙した。

バルフは自分が知りたかったことの一端がここにあると感じた。

そして川の方にふと目をやると、棺担ぎが棺を置きどこからとりだしたのか綱を操り、川を横断させようとしていた。この四人は男が二人、女が二人であることが見て取れた。指導者格の者が綱を持って向こう岸に移動し、それを固定する木を選んでいるようだ。

バルフはリュシアンに話のお礼を述べた。

「実はぼくはいろいろなことを知りたくて教育を受けたかったのですが、とてもそのようなお金はありません。しかし、知識の場に居たくて学校の先生や生徒の使い走りのようなことをやるようになりました。そして、タルボットさんとも知り合った訳なのです。今お話いただいた神さまのこと、もっと早く聞いていれば良かったのにと思いました」

「これも……」とリュシアンが言った。「カルタン神父から教わったことです。私は何もないのです。全ては人から教えてもらったことや、書物を拙い言葉の知識で拾い読みしたことだけが人に話せる内容です。それも年齢のせいで忘れたり不正確になっています。擦り切れた袋から中身がこぼれ落ちるようです。以前覚えていたことも、以前覚えていたと知っているだけで内容は思い出せません。きっとそのうち、覚えていたということすらも忘れてしまうことでしょう。却ってその方が幸せかもしれませんね」リュシアンはちょっと笑った。

「そんな……」今まで黙していたフェリシテが口を開いた。「神父さまが本当のお祈りの言葉を教えてくださいました。それからわたし、毎日がとても落ち着いた気持ちで過ごすことができるようになりました。子供の頃から大変な暮らしが続いて、ゆっくりお祈りする時間もありませんでした。だから今はとても幸せです。それも神父さまのおかげです。あらためてお礼を申し上げます」

それに対して神父はこう言った。

「お二人とも本当にありがとう。でもお礼を言わなければいけないのは私です。こんなに長く生きて、もういつでも死んでもいいと思っていました。誰かのためになる、誰かを喜ばせることができると、自分の生まれてきた使命が少しでも果たせたと思うことができます」

棺担ぎの作業は着々と続いていた。もはや二本の綱が平行して川を横断している。

程なく「どうでしょう」という親方（ヴィンコ親方と呼ばれていた）の声が聞こえた。

「ああ、はじめますか」と神父が応えた。川に棺を渡すことを始めるという意味だ、そして「手伝いましょう」と付け加えた。

親方は否定の仕草をした。「われわれでいけますよ。神父さまたちは滝の裏側で待っててくださいよ」ください」

そして棺が川に入れられた。上には二人の女が乗る。

若いほうが後ろ向きに棺の中程に足を投げ出して坐り、もう一人がうつ伏せに相手の太股のあたりに顔をつけ、両手足で棺を抱く。棺の両側には男達の張った二本の綱が川を仕切っていた。

「では渡ります」高い響く声が出発の合図だった。女は上体を反らし背面の綱を摑んだ。体を起こすと船は、いや棺は静かに進んだ。左右の掌で綱を摑み肩と両腕の力を使って引き寄せる、これを繰り返して難無く、神父たち三人よりも早く棺は向こう岸に着いた。

棺はふたたび担ぎ手たちによって持ち上げられ（水が滴り落ちていた）、リュシアン神父の先導で大きな岩を囲む細い濡れた道を滝の方へと進んだ。小道は草や苔が生えている上に、滝に近づくと水しぶきもかかり、足元はさらに不安定となった。しかし一行はついに滝の裏側の洞窟にまでたどり着いた。その入り口は道から少々高い位置にあって、階段が岩に穿たれていた。

リュシアン神父は振り返り「ここです。いよいよですね」とかすれた声で言った。

バルフとフェリシテは体を寄せ合い付いて来た。フェリシテがこわばった笑みを返した。バルフはリュシアンの言葉に何度も頷いていた。

岩の階段を登りきり、一同は洞窟の入った。所々に明かり取りの間隙のようなものが出来ていて、暗いのだが真の闇ではなかった。親方がどこからともなく松明を取り出し、神父とバルフに渡した。「火を起こしますから」と言いながら。

入り口の通路を少し進むとすぐに広間になっていて、壁には多くの穴が穿たれ、棺らしいものが収まっていた。部屋の真ん中には大きな机があって、蠟燭立てや皿や布切れ、干からびた食物のかけら、何か書かれた紙の束などが散乱していた。

松明に火をつけると室内がより明らかになり、神父は壁面の穴を調べ始めた。「まだ随分余裕があります。この場所にいたしましょう」と言って奥まった壁を示した。壁龕《へきがん》は大きく棺が四つくらい入る幅があった。

「お願いします」と神父が言うと「ああ、いいんですね」親方が言った。棺の蓋を開けて別れの儀式をしなくてもいいのか、ということだった。棺担ぎはゆっくりと棺をその窪みに当てがい押入れ始めた。

「肉体は朽ち、大地に還る」リュシアン神父が呟いた。「いずれの時にか、この先の未来にふたたび現世での生がありますよう。我ら取り残されし者の願いをお聞きください」

最後の部分はバルフも声を出して唱和できた。教わったわけでもないのに不思議だった。

バルフは初めて過ちを犯し、それが今岩に穿たれた穴に隠蔽されようとしている。安堵と悔悟、矛盾はしないが奇妙な二つの思いがバルフの心にあった。

フェリシテは今度の事件でバルフとの結びつきが一段と強くなったように感じた。まだ短い人生経験だがこのような人には初めて会ったのだった。神父が祈っているあいだ意識せずバルフの上着の裾をつかんでいた。

リュシアンは父との忘れていた思い出を思い起こす。自分には子供はいないが、もしいたとしたら父が自分にしたように子供を遇することができるだろうかと考えた。

そして今回のことをカルタンに全く知らせていないことに気が付いた。

——今更知らせるのもどうだろうか。まあ、身内のことだし事故だから……。確かに早く片付けてしまいたい気持ちはわたくしにもあった。そしてあの四人が手際よくやってくれたから、他に気を回せなかったのだ。

今ここに名も明らかにされぬ老人は村の慣習に従い「公式の死者」となり儀式は終了した。


時は経ち、バルフはカルタン神父の元で神父の助手の仕事を学び続けカルタンの大きな信頼を得られるようになった。しかし、人を殺めたことは言わなかった。

タルボット姉弟は故郷の問題に決着をつけ、このネムスの村の住民になった。フェリシテはタルボット姉弟とカルタン神父の両方の世話ができると言ったが、カルタンの遠慮からタルボット家で多くを過ごすようになった。

リュシアンは急に老い、物事が以前のようにできなくなったし記憶も衰えた。その所為か、父の葬送を手伝ってくれた人々が本当にいたのかどうかもあやふやになって来た。眠っている時間が多く、昼寝は欠かせなかったし、机の前に座るとついうとうとしてしまう。そんな白昼夢で見たのか、神殿学校に行ったカルタンがもうすぐ帰ってくると信じていた。

ポレのところに桃英《とうえい》からの使いが来て、桃英が『一點通《いってんつう》』で待っているから至急来てほしいという。

＊

表に出てみると桃英の差し向けた輿《こし》が待っている。

そのまま乗り込むと輿は静かに往来を遡り燕邑《えんゆう》の中心部に至ると、川に沿った道を山の方に行く。

逆方向に川を下ればクリスの住んでいる町だと、ポレはぼんやりと思った。碧江《へきこう》で病院船に出会ってから、過去を思い出したのか体調が優れず家に引きこもっているらしい。いずれクリスを訪ね、話を聞かねばと思っている。

川も山を登る、いやこの山からの流れが未《ひつじ》の波止場に注いでいる。川に沿った道は山の中腹から二つに分かれ、細い方の道に輿は進路をとる。

道を曲がると突然『一點通』が現われた。二階建ての黒い柱と白い壁が規則正しい独特な外観を見せていた。

輿はそのまま窪んだ部分から建物内に入り、しばらく進みゆっくりと地面に降ろされた。すると、正面の鵲《かささぎ》の刺繍のある帳《とばり》の奥から黒絹のゆったりした服を着た男があらわれ、「お待ちしておりました」と言うや奥に向かって歩き出した。輿から降りたポレは男に付き従いながら数刻後には目にするであろう桃英のかつての姿を思い描いてみる。初めて会ったころは聡明そうな小さな少女だった。そして成人してからふたたび会ったときには、どんなに望んだものか……。それも夢のように両者の思いが一致して雲雨の沙汰に漕ぎ着けた。その体験が桃英に何かを思わせたのか、専門的な技法を身につけるに至るのだった。

ポレは思い出から、現在の自分の状態に意識を移した。

一點通の名のように鵲の帳の先はまっすぐな廊下が一点に集中するまで続いている。両側には不規則な間隔で扉が並んでいる。その扉の意匠も不規則で、細かい彫刻を施したものから無装飾の素材そのままのもの、象嵌細工で鶴を描いたもの、数色の漆で横線だけを描いたもの、ざっと通り過ぎただけでも変化に富んだ扉の装飾があった。

「こちらでございます」案内の男が一角獣の扉を示した。色とりどりの美しい石で一角獣と湖、林檎の木が描かれていた。案内の男は扉を叩くと「お客様です」と声をかけた。中から承諾する返事があった。桃英の声だった。

桃英《とうえい》はひとりだった。

「あたし、お先にお酒いただいているの。あなたも飲むでしょ」

長椅子にすわった桃英はポレに玻璃盃《グラス》を渡し酒瓶を手にした。酒を上手に注ぎながらポレの目を見て安心させながら口を開いた。

「夫の事で相談しようと思ったけど先に別の話をします。以前《このまえ》クリスさんとお話をしてね。クリスさんは珍しい経験をした方なので、夫に言って来てもらったの。じっくりお話を聞きたくて」

ポレも近々クリスに会うつもりだと言った。

「オクシデントには神殿学校というものがあってそこを出られたというの。神父の愛玩者を教育する機関だとおっしゃってたわ。そしてこの前の船でしょ。大変な経験……」

「わたしは幾度かクリスさんのお部屋にうかがい神殿学校のことは聞きましたが、あの大きな船――病院船についてはまだ聞いていません。そこまで話が進んでいないのです」

「起こった順番に聞いてらっしゃるのね。律儀な方」

「神殿学校やそこに来て連れ出したカルタン神父の話は印象深く心に残っています。何だか人身売買の一種ですね」

「そのカルタン神父に連れられての旅で、故郷に寄ってそこが夢のような素敵な場所だって
おっしゃってたわ」

「カルタン神父の故郷ですね。それも聞いてないなあ。死ぬ前にまた最後の旅をしたいなんて言ってませんでした？　ただ身体の衰えを心配しているみたいですね。先日の航海で嫌な思い出のある船に出会ったことは、それはそれは恐ろしい驚きだったのでしょう。敏感な感性の人ですから。クリスを連れ出したカルタン師はもう生きていないだろうな」

「じゃあ次に本題に入ります。今日来ていただいた理由ね」と桃英は居住まいを正して言い、玻璃盃を干すと続けた。「夫のことなの。彼はオクシデントとつながっているのよ。少なくとも現在の教皇ハールーン・ラシドとは顔見知りよ」

（わたしも知っているとポレは心の中で言った）

「それで」と桃英は続けた。「今回の戦争が長く続くのでハールーン教皇と話し合って燕邑《えんゆう》をオクシデントに譲って、それで停戦とするということで合意ができたと言っていたわ。この町がオクシデントの支配になってどんなふうに変わるのか判らないけど、鴬梅殊《おつと》は功績を認められて実際の支配者のような位置に就くことが約束されているらしいの」

「今現在でも実際の支配者だけれどもね」ポレが言った。「それで戦争が終われば、それに越

したことはないよ。この前の水路の探索はそんなことと関係があったのかな」

「戦争が終われば、それは良いことには違いありませんが」桃英が話を続ける。「ハールーン教皇は正常《まとも》な人ではないみたい。あなたもお会いになって感じるところがあったでしょ？」

それどころかポレは、冷静に見える鶯梅殊《おうばいじゅ》すらまともな人とは思えなくなっていた。ハールーンも鶯梅殊もその方向は違うがある意味狂っている。見ただけで異様なハールーンはともかく、常に冷静で的確と思われる判断を下す鶯梅殊の異常性は面談している時には決して感じられるものではない。しかし別れてから考えると、鶯梅殊の命じたこととの目的がわからないし、以前会ったときと逆のことを確信ありげに言っていたことに気づくのであった。一人ではなく多くの人間が集まって鶯梅殊という人物を創っているかのように、一貫性のない事柄《もの》に対する処し難さと居心地の悪さを感じないわけにはいかない。

ハールーンの狂気はわかりやすいが、鶯梅殊の狂気はわかりにくく正常さの襞の奥に隠れている。

「すこし休みましょうよ」桃英《とうえい》がゆっくりと言った。「別の事をしましょう」

「じゃあここで」ポレは長椅子に横になった。すると桃英は俯《うつぶ》せになったポレの背中に左右の掌を当て強く押した。それがまた始まりだった。

終わりのある快楽、終点をめざす快楽。ポレは事件の結果《あと》そのような快楽は得られなくなってしまった。しかしそれは、一器官に優位性を与えることだった。

現在のポレは（相手が桃英に限るのだが——今のところ）、新しいこの終わりのない快楽がとても好きになっていた。ゆっくりとからだの中から発生し全身に広がってゆく快感、肩甲骨さらには前にまわって鎖骨付近を桃英に触られると以前の感覚が離れた場所によみがえり、あたかも存在しない器官が存在し機能するように感じられる。骨を探る、窪みに指を挿入《い》れる。爾後《そののち》の接触さえあれば終わりのない快楽、ポレはハールーン教皇のことや近々会おうと思うクリスのことを考えようとしたが、不可能だった。

「いつまで続けるの？　あなたに触れてみよう。そうすれば終わりが来るかもしれないから」

ポレはかすれた声を出し、桃英の脚にさらには足に触れようとする。

それから時が経ち快楽は終わったのではなく一時的に中断された。ふたりで飲んだ酒に入れた五石散や桃英が焚いた阿芙蓉《オウピアム》の効き目が失せたのかもしれない。そしてポレはクリスのことを考えられるようになった。

クリスの住居の未《ひつじ》の波止場に来るたびに、文房具屋の通りの先に続く商店街を探索してみたいと、ポレは思っていた。

事実ちょっと先まで足を伸ばしたこともある。乾物屋、酒屋、パン屋、鶏肉屋などがあり、なかなか便利な場所だと認識を新たにする。もう少し商店街は続いているようであるし見てみたいのだが、楽しみをとっておこうと引き返す。

覗いてみたい文房具屋が現われるが、ここには何度も来ているし、買い物までしているクリスの下宿先だと健忘症にかかっていたような状態で思い出し、店に入ると主人が「お久しぶりですね」と対応してくれる。

二階《うえ》を指差して「どうです？」と聞くと「昨日は短い時間ですが散歩にでられましたよ」と言う。

少しは回復したものと見える。「娘に見にいかせましょう」といつもはお茶を持ってくる店主の娘を帳場の裏の部屋から二階に向かわせる。

すぐに娘は戻ってきて「どうぞいらしてください、とおっしゃっています」と言う。

ポレは二階に上がる。

クリスはいつもの机に就いていた。心なしか憔悴しているように見える。

「病院船の詳しい話は勘弁してくださいね」ポレが聞こうとする前にクリスは言った。「いずれお話しできるとは思いますが、今はまだ無理です。わたくし自身記憶が混乱しています。ですから、以前に行ったように順を追ってお話をしましょう。そうすれば時間はかかるかもしれませんが、病院船に辿り着けます。わたくし自身もそのやり方で、徐々に明かになることで準備ができ落ち着いてお話しできるのではないかと思います」

うぐいす色のノートブックを朗読するのではないかとポレは予想したが、クリスはそうしなかった。

「端的に言えば、あそこに収容される人間は社会生活ができなくなって、宗教的秩序に災いとなる者なのですよ。今のところはそれくらいで勘弁してください。わたくしもかつてはそういった分類の人間でした。でもあなたにはカルタン神父との旅しか話していない。セウェルスに着いてもいないのです。それはいずれお話ししますが、今はこのところわたくしが思っていることをお話ししたいと思います」

クリスは今はひとりになり年老い、生涯を振り返ってみると、自分を導いてくれた人を思い出すと言う。それらの人がいなかったら今の自分はないであろうと考える。なかでもカルタン神父は（これから話すが）最重要だ。だがカルタンと別れた後もセウェルスで知り合った友達がいて、そのおかげで現在までやってこられたことを感謝している、と言っていた。

「人間の一生とは何だろうと、子供のころから考えていた気がします。今、この年齢になって言えるのは常にわたくしを教え導く人が居たということです。しかし別れは人生の常です。今わたくしはひとりになって生きてきています。しかしよくしたもので、わたくし自身が二人になって生きています。ひとりは本来のわたくし、もうひとりはわたくしの中につくられた人格です。大切な人を失った代わりに新しい人間がわたくしの中にできたのです」

ポレは話題を変えたくなった。「桃英《とうえい》さんがあなたに会ってお話をしたと言ってました」

「ええ、なぜわたくしなんかの話をお聞きになられるのかわかりませんが」

ポレはクリスの話に疲労を感じた。本人は精一杯話しているのだろうが、どこか納得できない感触があった。言葉に堪能ではないことが関係しているのかもしれないが、思ったことを的確に述べていないように感じた。

「クリスさん、あなたには何か今おっしゃれないことがあるのですね。そしてそれは勇気を出して順番に話しさえすれば、あなたの体験の意味が明解になりその結果苦しみは消えるとわたしは思いますよ。また、わたしたちにも救いとなるでしょう」

クリスの表情に人間らしさが戻ってきた。そして口を開いた。

「以前わたくしが話したわたくしの物語の最初のほうでカタマイトという言葉が出たことを覚えてらっしゃると思います。実はそのカタマイトがわたくしの物語の鍵になると、今は思っています。――カタマイト――最初は言葉だけでしたがカルタン神父に連れて行かれたセウェルスで実際に生きているカタマイトに出会ったのです。その後カタマイトによってわたくしの人生は大きく変わってしまったのです」

クリスは勇気を持ってポレにセウェルスのことを話すのだった。

「最初に見えたセウェルスは教会の尖塔でした。川を登って最寄りの船着き場に近づくと森の向こうに見えたのです。わたくしが指差すとカルタン神父が、ああ、あれがセウェルス教会だ。わたしたちの家でもある、と言いました。今でも覚えているのは『私たち』という言葉が気にかかったからだと思います」

小さな急ごしらえのような船着き場、下船するものは『私たち』だけだった。そして一面の草原とその先の森がまずは踏破すべき道程だった。

カルタン師は足早に草原を移動し、時々振り返り笑顔を見せた。次に「森に入るぞ」と言った。森に入ると大きな楡の樹の幹に身を寄せ「教会が見えるよ」と言った。

クリスは疲れもあってちょっと不機嫌になってカルタンの後を追った。カルタンも気づき丁寧な態度をとるようになった。

小川が森の終わりを告げている。そして小川は小さな湖にそそぎ、ほとりには古い教会が建っていた。

「古色蒼然と見えるだろう。その通りなのだが、内部はなかなかしっかりしているよ。ただ地下室に水が入ってね。昔からそうだそうで直らないのだよ。物が置けない。しかし他のところは問題ない」教会から出てきたのは年老いた神父と若い助祭、下働きの若い女だった。カルタンは彼らと一通りの話をし、好奇な眼差しにさらされているクリスを紹介した。

「すばらしい子羊《アグヌス》が決まりましたな。さすがカルタンさんですな」と賛美する老神父の言葉はクリスを少し傷つけた。クリスよりやや年上と思われる助祭の青年は屈託のない笑顔で、「神父さまに聞けないことがあったら、ぼくに訊いてくださいね」と言い、クリスを安心させた。

若い女はただ微笑んでいるだけで何も言葉を発しなかったが感じは悪くなかった。クリスはこれらの人々とこれから過ごすのだと思った。良いのか悪いのか判らなかったが、すくなくとも神殿学校よりも優《ま》しなことは確かだった。

人々の穏やかな顔を見ていると、ここには怖いものは何もないとクリスは思った。本当に怖いものとはわからないもの、理解できないものである。神殿学校の怖さは想像できる怖さだった。最初のうちは教師達がどんな人間なのか、どんなことをするのかわからないが、しばらくすれば想像がつく。だから神殿学校の怖さは予想が可能なものだった。ところが怖いものが何もないと思ったセウェルスは理解できない怖さが実はあったのだ。それは神殿学校よりも、ある意味始末が悪かった。

ともかくクリスはカルタン師によって新しい開かれた世界に所属するようになり、セウェルスにおける日常生活が始まることになった。

カルタンが言ったように、教会の内部は想像していたよりも快適な状態だった。大きな木に彫刻を施したままの長椅子や、東の突き当たりの小さな礼拝所がクリスは好きだった。長椅子に掛けると背もたれと肘掛けでクリスの体は隠れてしまい、木と一体になったようだった。礼拝所は女神像が据えられていたが、神殿学校にあったものとは異なり高貴な優しい顔をして、引き締まりかつしなやかそうな姿態は中に不気味な像など入れる物理的余地もなく審美性においてもそんな判断をする者はいないだろう。

礼拝所はほとんどの時間無人だったのでクリスは女神像を前にして考え事に耽ったり、カルタンの貸してくれた小さな本を読んだりした。

神殿学校では一度も本気で祈ったことはなかったが、セウェルスに来てからは気持ちに余裕ができ、祈ってもいいと思うようになった。何かから自分を守ろうとして頑なな心になっていたのが、セウェルスに来て和らいだ所為だと自分でもわかった。もう少ししたら、思うだけではなく本当に祈ることになるかもしれない、しかしそうなったらちょっと嫌だとクリスは思った。

ある日、助祭のバルフに連れられて初めて地下室に行った。一階の聖具室から地下への階段があり、それを下った所に地下室に通じる扉がある。その蝶番が以前から壊れていたのだが、扉が鉄製で極めて重たいため修理を躊躇していたのだという。

聖具室にはよく行くが、下り階段には触れぬようカルタンから言われていたので、クリスは初めて地下に行くことになる。問題の鉄扉は三分の一ほど開き、肩を落とすようにゆがんで壁に付いていた。隙間はクリスが身を斜めにすれば楽に通れる程度だった。

「思ったより重たいな」バルフが言った。「ふたりでも持てないね」

「カルタン師を呼びましょうか？」気を利かせたつもりでクリスが言った。

「ついでにリュシアンさんも呼ぼうか？」バルフが言って自ら吹き出した。

クリスはこの冗談がわからず少し遅れて笑ってみせたが、嫌な気持ちが出てきて収まりがつかなかった。

それに気が付いたのかバルフは「これは力持ちが何人かでようやくできる仕事だね。あるいは機械の力を借りる方法もある」と付け加えた。「ぼくたちでは無理だ。カルタン師に報告しておくよ」と収めるような言葉をかけてくれた。

落ち着いたクリスは半開きの扉の間から地下室を覗いてみた。

暗闇の中に水の匂いとせせらぎのような音がした。そのうち目が慣れてきてうっすらと光の反射が見えてきた。扉の近くには乾いた土の部分があるのでそこに降りてみる。水との境に土を低い壁のように盛り上げその先が方形の池になっている。バルフも降りてきて、池を眺めていた。

「湖と通じているようです。そうだとしたら水位はそんなに変化しないから、あまり慌てることもないでしょう」

その日はそれで終わり、そのあとも鉄扉を修理するというような話は聞こえてこなかった。

だがクリスにとってはもうひとつ一人になれる場所を得たこととなった。ここには教会の聖母礼拝所や側廊の長椅子とは異なり自然があった。木材で鎖された囲いの間から侵入した水も外《そ》部《と》の水も一連《ひとつながり》のもので、間に堰《しきり》があっても同じようにゆっくりと波打っている。

激しい雨の日には水かさが増し、地下室の堰を越え、土の色を変え、階段の支柱に触れることもあった。しかし階《きざはし》に触れることはなかった。『あまり慌てることもない』バルフの言葉を思い出した。実際クリスはセウェルスに来てから、落ち着いたようだった。

バルフの話では、湖に流れ込む小川はバルフの住む村ネムスの滝が源流になっているという。クリスはその村には行ったことがなかったが、バルフの口ぶりから近々招待されるのだろうと思った。

と言うのは、バルフは老神父リュシアンの父を殺したという驚くべき告白をしたからだ。こんな話は親しくなり心を開いた相手にしか話せはしない、とクリスは思った。

クリスの見たところ、老神父リュシアンでさえ今まで会った人のなかで一番老いていると言ってもいいのに、その父が最近まで生きていたとは驚愕ですらある。そんな人物が目の前のバルフに殺されたとしても、まず存在を思い描くことが難しいので、せっかくの告白に対してもうまく反応することができなかった。

バルフは当然のことながら、事故とはいえ人を殺してしまったことをとても悔いていた。「初対面の人には絶対言うようにしてるんだ」とバルフは言っていた。「ぼくを人殺しだと知ってもらいたいのだ。その上で恐れるなら恐れ、軽蔑するなら軽蔑すればいい。過去のことではなく現在のぼくを見てもらうために、ぼくが人を殺したという過去をのちに知ったり、他人から聞いてもらいたくないのだ」という意味のことを言っていた。

常人にはできない勇気ある行為だと思う一方、そこまでする必要があるのか、とクリスは思い、結局どう考えたらいいのかわからなくなった。

相談したカルタン神父は頷きながらクリスの話を聞き、しばらくの沈黙の後「私はそうはしないだろう。聞かれれば答えようと思うが……。少し度が過ぎやしないか？」と言った。「極端ではないか？　自然にすなおに理解できることではない。そこが問題だと思う」とも言った。

さらに「たしかにバルフには極端なところがある。それは彼の利発さの顕れでもある。普通こういう人間は他者の事を気遣ったり、優しくしたりはしないが、バルフは違う。そこが彼の存在が稀であり素晴らしいところだ」とクリスに説明した。

クリスはバルフの性格が説明されても、それが有益なほどバルフに興味を持っていた訳ではない。ただ変わっているが基本的には良い人間だと知っている。セウェルスに移って、クリスの苦手な人間に会わなくても良くなって、それまでの不安は解消された。しかし、これからここで何をやるべきなのか、やるべき何かがあるのかがわからなかった。結局はカルタン神父の跡を継ぎセウェルス教会の神父として一生を終えるのか、そして年取って不安になったら、神殿学校に行き跡継ぎを探すのだろうか。

　そんな思いが知らず知らずのうちに表情や態度に出たのだろう。カルタン師が声をかけてくれた。「ここに来てから鬱いでいるね。何か私にできることがあったら言ってくれないか。旅のときのように元気な姿を見せてくれ」

　クリスは心遣いに感謝し、今しばらく待ってほしい、新しい場所にまだ慣れていないと思う、しばらくすれば元気になれそうだ、と答えたが自信がある訳ではなかった。


　ある日地下室に行くと、白い丸いものが落ちていた。水たまりの湖側で板壁の修理のために敷いた足場の上だった。小さな香炉くらいの大きさで人工物のような光沢と質感があった。近づいて見ると、動物の頭部の骨らしかった。近くに三角形の嘴《くちばし》らしき残骸もあったので、鳥のものだと思った。

　触ると乾燥していて脆《もろ》そうだった。理由はわからないが、この発見は秘密にしようと思った。そのことがあってから、地下室に行くたびに骨が失われているのではないかと気になってしまった。心配しながら扉の隙間から覗くと、輝く象牙色の球が以前と同じように鎮座していて安心する。

そのうちそんなことも忘れてしまったある日、覗いてみると骨は失くなっていた。クリスは安堵した。喪失を気にしなくても良くなったのだ。

またある日地下室に行くとカルタン神父がいた。クリスが鳥の骨を発見した足場に立ち、かがんで水たまりを見ている。聖具室から階段を降りるこちらの音を聞き、顔を上げたので目を合わせる形になった。

「何か用事？」カルタンはクリスが呼びに来たと思ったらしい。

「いいえ。この前そこで鳥の骨を見ました。いつのまにか失くなってしまいましたが」

「ここは見た通り湖とつながっている」カルタンは上の方が壊れている板壁を示した。自分が呼ばれたと思ったことは忘れたらしい。「湖にはいろんな生き物がいる。例えば小さな生き物を餌にするものがいて、またそれを餌にするものもいる。人の目に見えるものだけでも驚くほどの種類が生活している。目に見えないもの、見逃しやすいものも加えれば信じられないほどの生物が湖で生きていることになる。そしてこの湖の流れ込む川の上流はネムスの森の滝なのだ。今はバルフたちが住んでいる。そうそうバルフと私とは北の大学《セプテントリオ》町で会ったのだ。私は以前教皇庁にいたが辞してこの教会に来た。そしてこの湖と上流の滝を知り、とてつもないことを思いついたのだよ。

教皇庁では謁見の間《サルテトリウム》に代々の教皇の肖像画が飾ってある。そして多くの教皇が小さな人間と一緒に描かれているのだ。人々は教皇が降臨した聖なる幼な子を迎えている図と解釈している。しかしそうではない。幼な子に見えるものは、人間ではない別の生物なのだ。一般的に稚児《カタマイト》と呼ばれている。教皇庁の男色趣味をからかった命名だと私は思っている。

その生物（仕方がないこう呼んでおこう）カタマイトは人間に寄生するのだ。そしてどう言う訳なのかこの湖に生息しているらしい。おそらくネムスの滝あるいはその上流から流れ来て、この湖に住みついたのだろう。流れに乗って辿り着くと、ここは穏やかで食べ物も豊富だからね。

教皇は前教皇の示したしるし（これも私に言わせれば適当な捏造《でっちあげ》だと思うがね）によって選出され、専属のカタマイトが担当《つけ》られる。公には教皇は聖なる幼な子を得て真の教皇になるということなのだ。つまり教皇になるにはカタマイトに寄生されることが必要なのだ。

具体的にそれはどういうことなのかわからない。

教皇がカタマイトに支配されていると考える人がいるかもしれないが、このカタマイトは実は知的生物とはとても言えない存在なのだ。形こそわれわれに似ているが、低次の段階にある生物と言われている。まだわからないことが多いが私が教皇庁に居たときに知ったこと、セプテントリオで調べたことから、ざっとこんなことが言える。クリスの見た骨はカタマイトが関与していたのじゃないのかな」

カルタンはこんなことを言ったが、いままで聞いたことのない内容で、クリスは驚愕した。むしろカルタンが発狂したのではないかと思った。しかしカルタンの話し方、論理は今までのカルタンと大いに異なっている訳ではない。根本的な要素、カタマイトという寄生動物？の実在を信じられるか、あるいはこれは実在のものではなく、何かのたとえ《メタファー》なのかもしれない、とクリスは思った。

あるいは、クリスが鬱いでいたので興味を引くことを持ち出したのかもしれない。――真偽にかかわりなく――しかしそれも馬鹿げた考えである。だが、それによってカルタン神父への親近感が増したことは事実だ。

さらに、カルタンの話によれば、助祭のバルフや女中フェリシテの本来の主人タルボット氏もこの教皇庁、カタマイト問題に強い興味を持っているという。

クリス自身は、驚いたことは驚いたが、本当のところそれほど興味を惹かれることではなかった。教皇や教皇庁という存在に強い関心を持つ、あるいは生活に影響を受ける人々にとっては大いなることなのだろうが、神殿学校で育ったにもかかわらず、教えられたことにあまり共感を覚えなかったクリスには、教皇を決める方法にどんな奇妙で理不尽な馬鹿げたやり方があろうが、それはどうでもいいことであった。

しかし、カタマイトには興味があった。思い起こせばカルタン神父との旅の途中でかなり怪しげではあるが瓶に入ったものをこの目で見た。そしてこの教会に隣り合った湖にカタマイトが居るというのだ。鳥の骨はカタマイトの餌なのか？　少し怖い気もしたが、いずれ親しくなれるだろうと確信めいた予感があった。

ある日クリスは虹色のおたまじゃくしを見た。地下室の水の中で、紫色、黄金の色、血の色、象牙の色に光っていた。大きさは小指の先ぐらいだった。

壁の隙間から入る光線の反射かと思って見直したが、視線を動かすと見失ってしまった。

その時はまだ錯覚ではないという確信はなかった。

しかし数日後、おそらく同じ生物が以前鳥の骨があった場所にいた。

水の中から出てまるで泳ぎ疲れて休んでいるように儚げな様子だった。

クリスは足音を忍ばせて近づいた。

目を大きく見開き、瞬きをしないで近づいて、つぶさに観察する。

まだ動く様子はない。これは目だ。人のそれのように曲線を描いて閉じている。閉じている目の端には睫毛も見える。

動かないままだ。死んでいるのではないか？

クリスは左右を見廻し、小さな棒を見つけた。壁の工事で出た木屑だろう。これでつついてみよう。

手に取りしっかりと握る。鼓動が早くなる。息を止めた後ゆっくりと吐きながら棒を近づける。

棒切れが触れると同時に、大げさに狼狽《うろた》え、ばね仕掛けのように水に飛び込んだ。

光沢の無かったからだの輝きが水の中で元のように七色にもどった。水に逃げ安心したのか、尾びれを左右に振って悠々と湖の方に泳いで行き、すぐに見えなくなった。

本当にあったことだろうか？　クリスは思った。世の中は知らないことだらけだけど、嬉しいことと悲しいことがある。これは嬉しいことだ。今まで悲しいことが多かったから嬉しいことを目のあたりにしてもすぐには信じられなくなってしまった。でも、今本当にあったことに違いない。騙すのなら、こんな荒唐無稽なもので騙しはしないだろう。

クリスはこのことをカルタンに話した。

カルタンはそれはハピだろう、と言った。「私も見たことがある。もっと大きなものもね」

クリスはカタマイトではないのか、と聞いた。

「カタマイトというのは言葉どおり人間の形をしているものをいう。おたまじゃくし型のハピは人間に捕まらなければあの形のままで成長する。だが、カタマイトという言葉は使われてもハピという言葉は使われない。ハピと聞いてすぐわかる人は少ない。ともかくハピは原型なのだ。そこから人の形にするには人工的な操作が必要になる。それは教皇庁でなされている」


リチャード・タルボットが王の従者と自称する男の訪問を受けたのは、故郷を捨てネムスの森に住み始めて数ヶ月経ってからだった。フェリシテが取り次ぎ、「王さま関係の方がいらっしゃいました」とタルボットに言った。

それを聞いてタルボットは嫌な気持ちがした。実は父が王家に請われて金銭的援助をしていたのを知っているからだ。父の援助は衰退した王家にはありがたいことなのだろうが、いつまでも続けるわけにはいかないし、タルボット自身は特に王家に愛や執着はない。引っ越し先まで訪ねて来る執拗さにも嫌悪感が募る。

「ご要件、おっしゃってた？」

「いいえ。お父さまのお知り合いだそうです」

断ればまた機会を見つけて訪ねて来るだろう。何の用事なのかも気になる。そこで面会することになる。

ダミアン・チェンバレンと名乗った。若く見えるが肌や髪は年齢を隠せない。王室の出納係で王の従者だと言う。さらにタルボットの父から多大な援助を受け、王も感謝していると頭をさげる。そこまでは挨拶なのだろうが、その後、チェンバレン氏は王についての講釈のようなものをはじめた。

曰く、オクシデントの王家は政治的力も財力もない。特筆すべき人物もいままでに生み出してはいない。なぜ王なのか正確なところは誰も知らない。ずっと昔から王家なのである。

現在、得に特権もない。しかし王という仕事は計り知れない仕事だ。まず訪問者が桁外れに多い、それも初対面の人々である。王に相談し何らかの問題の解決を望んでいる。しかし王は何の権力も有していないから（その方面に）一個人としてお願いすることはできるが、（働きかけ）影響を及ぼすことはできない。それでも王に会いたい人は減らない。昔は王がすべての面会者に個人で対応していたらしいが、いつ頃からかそれ相応の係を雇うようになった。そのうち係に任せ、自身ではほとんど面会しないような王も現われた。

現在の王は本当に何の力もないのか？　そんな問いを発した者もいる。「かつてはあったと聞いている」現在の王が答える。（ここでチェンバレン氏は立ち上がり王になる）「そう。王は剣を取り戦った。王の勇猛果敢な戦いに賛同するものは増えついには一目では見わたせないほどの大群となった。王に忠誠を誓う雄叫びが群集のここかしこで挙がった。そして熾烈な戦いにわれわれは勝利した。多くの犠牲が出たが勝利の喜びが、友を失った悲しみを凌駕した。こうしてこの国が、わたしたちの国が始まった。そこにはすべての国民の団結とそれを統べる王が不可欠なのだ。王があってこそ人々は団結できる。王があってこそわれわれオクシデントたりえるのだ、そう言ってかつての王は王になった。しかしこれは『かつて』の話だ」

現在の王は続ける。「人々は変わり、人々の思いに支えられて生きてきた王も変わった。もはや王は剣を取らない。もはや王は人々を導くことはしない。しかし、王も生きなければならない。生きるため、様々なものが必要となる。食料、衣服、住居それらは決して無料では得られぬものです」

チェンバレン氏はため息をつき、椅子に崩れ落ちた。そして肘をついた両手で顔を覆い、うつむき、さらに大きなため息をつく。

タルボットはうんざりした。何をかいわんやである。家に入れたのを大いに後悔している。

どうしたら帰ってもらえるだろうか？　援助の約束？

「お話はわかりました。だいたいですけど」落ち着いて口を開いた。「父が行なっていたほどのご援助は難しいと思います。今は引っ越したばかりでいろいろと物入りなんです」

相手のチェンバレンはつぶらな瞳でこちらをじっと見つめ続けている。瞬《まばた》きもしないで。口を開いたのは、しばらくしてからだった。

「王家には今や富がありません。以前から節約を重ねてまいりましたが、もう限界です。多くの援助をいただいた時期もありましたが、年ごとに少なくなってしまいました。おそらくこのままでは……」

タルボットは王家がそのようにしてまで存続したい気持ちがわからないでもなかった。しかし、いくら同郷だとはいえ、初対面の他人に無心する大胆さには驚き、腹立たしくなった。

「いえ」とチェンバレンはこちらの表情を見て言った。「ご寄付をお願いしているわけではありません。もちろん、いただけるのなら喜んでいただきますが。王《レークス》は、もはやご慈悲をたよりにすることを止したのです。王家の金銭はなくなりましたが、王家には以前から所有していた様々な珍しい品がございます。王家の宝物庫にしまわれておりましたが、このたび開放いたすことになりました。王は、レックス王はこれらの品々を愛好者の方々に所有していただけたら、品物にとっても良いことではないかと思い至られたのです。そこでタルボット様」チェンバレンは持っていた鞄を引き寄せ小箱を取り出した。

「これはいかがでしょう」そう言って蓋を開けると中には光るものがあった。

「古い黄金の指輪です。小さなダイヤモンドがちりばめられております。珍しい意匠ですが、オクシデント統一の象徴、南の海の黄金と北の山脈の宝石との統合を表わしています」と言って指輪の腕《シャンク》の部分をつまんだ。「腕の厚みの部分です。

薄っぺらな口上に比べて、指輪はしっかりしたもののように見えた。

「どうぞ、手にとってごらんください」と言う言葉に誘われて掌の上に乗せよく眺めると、金の質も良さそうで、表面に多くの文字を重ねて彫ってつや消しの効果を出している加工も見事である。さらに意表をつく位置に満天の星空のようにちりばめられたダイヤモンドがとても美しい。――さすがに王室のものは違う、とタルボットは思った。試しに左手の薬指に嵌めてみると、窮屈で関節を越えられない。小指に代えてみるとぴったりだ。

「いかがですか。装着感《つけごこち》も宜しいかと思いますよ。クリソス金貨十枚でよろしゅうございますよ」

ほとんど迷うことなくタルボットは金貨を書斎の引き出しから取り出し、チェンバレンに渡した。

「お似合いです」チェンバレンは言った。「湖の生物も光につられて出て来るかもしれませんね」

最初この言葉は耳を通り過ぎて行った。だが、一瞬の後『湖の生物』なる言葉の響きが残った。

「湖の生物と申しますと？」

「ああ、ここでは川ですね。湖は近くの村のセウェルスの湖――カタマイトですよ」チェンバレンはいとも容易に言ってのけた。「タルボットさん」声が低くなる。「あなたと見込んでお話をしたり差し上げたりしているのは王《レークス》の意志だとお思いください。おそらくまたあらためてご連絡いたすことになると思います。確実なことは申せませんが。では失礼して、教会に伺わなければなりません。まずはここネムスの」

チェンバレンは部屋を出ていった。フェリシテが急いで後に続く。タルボットはチェンバレンに渡した金貨が今まで彼が座っていた椅子の正面の卓子《つくえ》に置かれているのに気がついた。指輪は買ったのではなく与えられたのだ。

タルボットの家を後にしたチェンバレンに女中のフェリシテが声をかけた。

「お客さま、ええとチェンバーさま。何処かお訪ねですか？　もしそうでしたらご案内いたしますが」

「チェンバレンと言います。いえ、よく間違われます。まったく気にしておりません。じつはこの近くの教会を訪ねたいと思っております。たしかリュシアン神父《さん》と云ったかと思いますが、ご存じ？」

「本当に申し訳ございません。チェンバレンさま。深くお詫びいたします。さてリュシアン神父はよく存じ上げております。よろしければご一緒いたしましょう」

「それはありがたい。なにしろ初めての場所ですから。こんなに自然に満ちた処《ところ》にお住まいとは、いろいろ不便はございませんか？　人間には計り知れないような生物や現象を目にすることもございますでしょう」

「いいえ。まだ日が浅《あそ》うございますし、天気の良い日しか表には出ませんから。ただ時々夜は聞いたことのない動物の鳴き声だと思うのですが、少々恐ろしい気持ちになることもございますわ」

「そうですか。見るものより聞くもののほうが怖いという人は意外に多いようです。時々考えるのですが、恐れというのはどこから来るものでしょうね？　幼い頃は怖いものばかりでした。若い頃は怖いものが無くなり、臆病だった自分を恥じるようになりました。しかしさらに歳をとると、また怖いものが復活してきます。子供の頃が懐かしくなります。寝る前に怖いことを考えたり思い出したりしないよう、気を付けなければなりません。歳をとって感受性が増したのか、気持ちが弱くなったのか、この世だけを信じられなくなったのか」

「リュシアン神父もお年を召してお眠りになれないのかしら、昼間によく居眠りをなさってます」

「そうですか。もしや今も？」

「かもしれませんね。でもお昼寝ですからすぐに目覚めますよ。チェンバーさまは王室の方ですから、西方の地《ヘスペリア》にお住まいですよね。あたくしもタルボット家でずっと働いていましたからヘスペリアに住んでいました。でもこんな身分ですから、王室がどこにあるかも知りませんでした。それが今ご案内しているなんて夢のようです」

「ははは、もし私が差配人ではなくて王でしたらどうします？」

「王様はあたくしなんかにお声はかけられません」

「ああ、大きな立派な木だ。立ち止まって見ていいかな？　こんなになるのにどのくらい時が必要なのだろう。根が張って地面を揺るがしている。しかし、こんな木でもいつかは枯れてしまうだろう。よく見ればその前兆を知ることができる。ほら、腐っている幹がある。洞《うろ》の周りもやられているなあ。でも根の周りには蘖《ひこばえ》もあって若い緑の枝が育っている。いずれ、大きな木は崩れその中から小さな元気な若い木が現われるのだろう。ああどんな世界でも年老いた者が退き若い者が育ってゆく。世代交代？　それが必然なのだろう。そして若い者は年老いた者のやり方をそのまま受け継ぎはしない。具合が良いように、やり易いように変化させてしまう。年老いた者はそれを知って寂しく思うだろう。そう、時とともにすべては変わる。王も教皇も」

「そういえば、リュシアン神父《さん》もそろそろ引退しようかとおっしゃっていました。カルタン神父とバルフさんが後始末をしてくれるからって。あたくしはリュシアン神父のことが好きですから、反対してますけど。先日お父さまがお亡くなりになって、とても気をお落としになったことも関係してるのでしょうね」

「じゃあ、もう少し遅く来たら引退していたかもしれないね。どんなことも本人が決めるのが一番良い。王も教皇も」

「ああ、お話が楽しいので、教会を通り過ぎたのに気付きませんでした」

「その上、雨も降って来たようだ」

リュシアン神父は童貞だった。修道女なら神に身体を捧げているのだろうが、リュシアンは誰に身体を捧げればいいのだろうか？　聖母さま！　まさか。年老いたこんなに醜い身体をだれが喜ぶというのか。醜悪さを絵に描いたような……父はフェリシテさんに近づいて、結局は命を失うこととなった。突然父が亡くなって驚きもしたし悲しくもなった。しかし冷静になって自分の心を探ると『安心』もある。

――これで片付いたという感覚だ。父の扱いに困っていたから。神父としてこういう感想は望ましくないのだが、素直に内面を見つめればそういうことが見えてくる。それはそれでしかたがないのではないか。こんな年齢になって日々の患《わずら》いに悩まされたくはない。ただでさえ肉体を維持していくのが困難な昨今である。

ともかく身体がだるい。若いころのように気力が充満することはなくなった。肉体的活動は必要最低限のことを成すのに精一杯だし、精神的活動といえば本を読んでも次の行に進むと前を忘れる。自分の書き留めた文にまったく記憶がなかったりする。かつてはこんなことを考えていたのかと我ながら感心することもある。そんなことを思っているうちに身体が疲れ、眠気も生じてくる。少し横になろうと長椅子や寝台に横になりしばらく眠ってしまうこともあるが、本を読んでいるときにうとうとしてそのまま浅い眠りに引き込まれることもある。これではいけない、寝台に行ってきちんと寝ようという夢を見たりする。

だから突然カルタンがやって来ても、さほど驚かない。

カルタンはちょっと身体を揺すりながら入ってくるだろう。そしてやさしいがはっきりした言葉で「リュシアンさん」と言うだろう。

ところが今回の夢に出てきたカルタンは違った。奇妙に居丈高なのだ。

「リュシアン、教皇さまがお呼びだ」

教会にいきなり入ってきたカルタンはこう叫んだ。いつもの彼からは想像できない口調と態度だ。

さらにカルタンはひとりではなかった。バルフと何とアリウス教皇とが後ろに控えていた。

「わたしの用事はこうだ」アリウス教皇が叫んだ。リュシアンは彼の顔を覚えていないので顔は不鮮明で虚《うつろ》で霧がかかっているようだが、声は恐ろしく甲高かった。「呼んだのだが来《こ》ぬ。しかして自ら来《きた》れり。リュシアン、カタマイトを出せ。この二人のために必要になったのだ」

「教皇さま、もったいない。しかしながらカタマイトはここネムス教会ではなく、そこにいらっしゃるカルタン神父のセウェルス教会ではありませんか。教皇さまも以前いらした教会のことですからご存じのはず」

「それはかつてのこと。余は知っておるぞ。今やセウェルスにはカタマイトは稀だ。川の上流に行かなければカタマイトは見られない。リュシアンお前は知っている。滝の裏にある洞窟にカタマイトが発生することを。そのような活きのいいものが必要になったのだ。カルタンとバルフにカタマイトが必要になったのだ」

するど場面が突然変わった。

ここは父を埋葬した滝の裏の洞窟であった。

川を渡る過程はなく、すでに全員が洞窟のなかに居た。

「おおカタマイトの洞窟よ！　ああ奥深い洞窟だ。松明の明かりが届かぬ遥か彼方まで洞窟は続いておるわい。遠くから何かが来るぞ。カタマイトの群れか？」

洞窟の奥が騒がしくなってきた。小さな人々が洞窟の幅いっぱいに広がりこちらに向かって押し寄せてくる。

「おそらく、カタマイトでしょう。危険？　あるいは変に動かない方が……」

バルフがカルタンに忠告するような口を利いた。バルフは大人びて自信ありげに見えた。

リュシアンはバルフの変貌に驚いた。少年だったのにもう成人《いちにんまえ》になっている。確固たる意見をすでに持っている。「ほらすぐそこまで来ました。穏やかに迎えましょう。両掌を見せて攻撃する意思はないと伝えましょう」頷かざるを得ないことをバルフは言う。

カタマイトの群れは個々の顔が見分けられるほど近づいて来た。

リュシアンは、そのなかに小さくなった父がいることに気が付いた。

カタマイトとなった父はリュシアンを見つけカタマイトの言葉で何か話しかけてきた。

それはおそらく（おお息子よ……）という意味だとリュシアンは理解した。

つづけて父は同じ言葉で話しかけてきた。リュシアンは意味が理解できるようになったことに驚いた。

（おお息子よ。わたしは新しい世界に入ることができた。今まではここはつまらぬ洞窟と思っていたが、いざ死んでみると間違いだった。ここは素晴らしい世界だ。息子よ、おまえには見えないだろうがわたしにはよく見える。死んで目が開いたのだ。この洞窟の壁の繊細な彫刻、その間に添えられた色とりどりの美しく珍しい花々、さらに驚くべきことに……）父は自分の今通って来た洞窟の奥の方を振り返りこう言った。（この奥は別の世界に通じている。異国、初めて見る世界だ。これを見るだけでも死んでみる価値がある。おまえも早く死んでここで一

緒に暮らそう）

リュシアンはこんなに小さくなった父を上から見下ろしながら言うべき言葉を探していた。

「もちろん、もうすぐ一緒になれますよ」こんな奇形にはなりたくないと思いながらもそう言った。

父は上目遣いでリュシアンを見つめながら（滝の音が聞こえるな）と呟いた。（洞窟の入り口に滝がある。みんなは滝に乗ってセウェルスのみずうみに行くのだ。おまえもいずれこうすることになる）

リュシアンは『こうすること』とは？　と思った。

すると父は異常な速さで駆け出し洞窟の入り口から滝に身を投げた。『こうした』のだ。続いて多くのカタマイトが父に倣《なら》った。

限りない数の侏儒が次々と滝に飛び込み、滝に当たり、川に叩きつけられ流れていった。あんなに一杯だった洞窟が空虚になった。リュシアン以外はカルタンも教皇もバルフも消えていた。そこに滝の音だけが妙に大きく響いていた。

目が覚めると雨が降っていた。リュシアンはまたうたた寝をしていたのだった。雨粒が納屋の屋根に当たる音が妙に大きく響く。まだ自分がどの世界にいるのかはっきりとはわからないが、少し離れたところからリュシアンを呼んでいる女の声がする。「リュシアン神父《さん》いらっしゃいます？　お客様をご案内いたしました」

続いて男の声がした。「ご不幸があったそうで、ご愁傷様です。遠方から参りましたので、ご挨拶だけでもと思いまして」

机から顔を挙げて、両掌を支えにして身体を起こす。定まらない脚で入り口の方向に向かう。扉を開けると、いつものように微笑んでいるフェリシテと見知らぬ紳士がいた。

ふと、このからだも、フェリシテ相手ならば機能するだろうか、と思った。

クリスは初めてセウェルスに着いたときの印象を語ったあとに、こう付け加えた。

——わたくしは今から考えると、その頃は本当に不安だったのです。カルタン師に連れ出されるまでは、人生は神殿学校しかなかったわけですから。しかし人間は変わるものです。今では本当に祈ることも出来るようになり、嫌悪感は無くなったとはいえませんが、心の小さな部分を占めるだけになりました。

（クリスは打ち解けてきた）ポレは思った。そして「続けてください」と促した。

クリスは続けた。

セウェルスではこのちいさな村がわたくしの新しい世界になりました。何もわからずすべてはカルタン師の指示どおりにするしかなかったのです。最初のころはよかったのですが、そのうちちょっとしたことでカルタン師に反撥を感じることがありました。

そこにバルフが現われました。いままで知らなかった考え、こんな考え方があるのか、と何も知らなかったわたくしは驚かされたものでした。

こんなことがあったのも、わたくしの気持ちがバルフにかたむきかかって居た頃のことです。と言いましてもバルフを信頼し始めた、などということではなく、彼の言うことも聞いて考えてみようと思い始めた頃のことです。

バルフは賢い人物ですから、カルタン師に気に入られ信頼されていました。だからわたくしの教育を任されておりました。わたくしにはそれが不満でした。バルフの教え方が不満ということではなく、カルタン師が直接教えてくださらないことに不満でした。今考えるとちょっとした可愛い嫉妬で微笑ましいものですが、当時は深刻に悩んでいました。

自分が主人公で周囲の登場人物は自分に奉仕すべきであり、特にカルタン師は自分を連れ出した張本人なのだから、自分を教育することが存在理由だとまで考えていました。

でもそんな考えが恥ずかしくなるほど、バルフは真摯ないい青年でした。

バルフからは教会で助祭がなすべき仕事を教わりました。神殿学校でも基本的なことは習ったつもりだったのですが、バルフの教え方は独特で、なぜそういう儀式が生じたのか、信仰上どんな意味があるのか、ということから教えてくれたのです。バルフは「自分は意味がわからないと、なぜそういうことが存在するのかわからないと、実行することはできない」と言っていました。

教会の地下室の話をしなければなりません。そこでカタマイトを見たことを、カルタン師には話しましたが、バルフには話していなかったのです。何となくバルフには話さない方が良いと思っていたのです。わたくしは不思議な生物を見て驚くだけですが（カルタン師は細かい由来なども熟知しているでしょうが）、バルフは何かに利用したくなり、それはよい結果をもたらさないのではないかという予感のようなものがあったのです。

そして今、この懸念はバルフにかこつけた自分自身への疑いから生ずる不安だったとわかっています。

地下室で綺麗な鳥の骨やおたまじゃくしを見て、それに対するカルタン師の落ち着いた説明を聞き、不安は消えて行きましたが、地下室に降りるとわたくしに話しかける声が聞こえるようになってきたのです。

それはカタマイトの声でした。

「ねえクリス」とカタマイトは話しかけてきます。

「ねえクリス、この前は焦ったよ。きみのことがわからなかったからね。でももうきみがいい人だってわかったよ。だから勇気を出して話しかけているんだ。クリス、聞こえているね」

わたくしはあまりの事に驚愕し、言葉を発することが出来なくなってしまいました。声のした方に目をやると（そこは地下室の池に架けられた足場の上でした）以前見た虹色のおたまじゃくしがいるのでした。カルタン師に従えばカタマイトではなくハピと言うのでしょうが……。ともかく以前見た生物が以前のように骨のあった場所にいるのです。確かに成長し大きくなっているようでした。

今回は大きく目を見開いています。頭をもたげてこちらを見ているようでした。

わたくしは怖くなりました。が、声は続きます。「今日は何をするの？　用事が済んだらぼくと話をしないか？」口は今の位置からは見えないので、動いているかどうか、つまりカタマイトが実際に声を出しているかどうかはわかりません。声は続きます。「きみはひとりぼっちだね。カルタンは何を考えているかわかりゃしない。いくら辞めたといっても、しょせん教皇庁にいた人物さ。信頼して良いのはぼくだけだよ」

――きみを信頼するよ。信頼するから姿を見せておくれ。

わたくしは懇願しました。

するとおたまじゃくしは身を翻し水たまりに飛び込んでしまったのです。水の音が耳に残りました。

その後も地下室に行くとカタマイトの声が聞こえることがありました。

わたくしがカタマイトの声だと思っていたのは、自分自身の内にある思いが、声になったものだと考えられます。神殿学校でも、いや神殿学校で初めての教育を受けたので、自分の本音を出すのが恐ろしくそれが自分の習性《ならい》になっていたのでしょう。ですからひとりになる時間が増えるにつれ、しずめられていた本当の心が浮き上がってきたのですが、しかしまだ自分の口から出すことには抵抗があって、カタマイトの言葉にしてしまったのでしょう。

ポレは静かにクリスの話を聞いていた。そしてここまで来ると意を決したように遮った。

「カタマイトは存在するが、喋りはしない。と云うことですか？」

――そうは言い切れない。

クリスは説いた。

「喋らなくても意を顕《あらわ》すこと、思いを知ることはありうるでしょう。そういう存在がカタマイトかもしれません。さらに相手の意思を感じることができれば、そしてさらに意思を何らかの形で相手に伝えることができれば……しかしすべてが誤解かもしれない……こんなことを考えはじめると迷路に踏み込む思いです。わたくしには結論は出せません」

ポレも同意できる。そしてかつて自分の身体にカタマイトが侵入する機会があったことを思った。それは教皇領の例の事件だった。教皇はポレの体内にカタマイトを入れ、カタマイトに支配させようとしたのではないか、という疑いが強く在る。そうだとしても、おそらくその試みは失敗したのだろう。今現在ポレは自分を自分が支配していてカタマイトの制御は感じてはいない。だが宿主に変化を感じさせないように、ゆっくりとカタマイトの力が増大していることもありうる。

その兆候がないこともない。さまざまな身体の衰えが、年齢による生理的なものなのか寄生生物の影響なのか、断定はできない。

いずれにせよ、このまま生きて行き、成るようにしか成らないだろう。運命に抵抗《あらが》うことはポレにとっては荷が重すぎる。

「雨が降ってきましたね」ひとつしかない窓を開け、掌を差し出してクリスが言った。

「セウェルスには行かれました？」リュシアンはチェンバレンに問いかけた。

「これからお訪ねしようと思っております。教皇さまに成られた方？　お名前を失念してしまって」

「ああ、アリウス師。今はおりません。当たり前ですが。現在の主祭はカルタン師といいます。おふたりとも素晴らしい人です」

「それから最近若い人が入ったとか」

「ああ、バルフのことですか。優秀な青年でね。わたしなんかは教えるんじゃなくて、教わっていますよ。教えることなんて何にもない」

フェリシテがうれしそうに微笑んだ。

「神殿学校から来られた子羊《アグヌス》がいると聞いていますが」

「あっ、クリスのことですね。おとなしい子供です。カルタンさんが気に入られたらしいのですが、さすがにお目が高い。神殿学校も最近は生徒の質が落ちていると聞いていますがね」

「ああ、たぶん、その子だ」

「えっ、なにがです？」

「逢えますか？　教会に行けば。セウェルスの」

「逢えますとも。フェリシテがよく知っております。ねえフェリシテ、案内しておあげなさい」

「承知いたしました」とフェリシテは言いチェンバレンを誘《いざな》い、ふたたび外に出た。

まだ雨が降っていた。

「森を抜けて行きましょう」フェリシテはそう言いながら、この人は一日にどんなに歩くのだろうか、と思った。「この川の下流に行けばセウェルスです、森を通れば近道になります」

さっきの訪問で、リュシアン神父がぼんやりしていたので何だか気になっていた。老人は精神的にも肉体的にも静かに暮らした方が良いに決まっているが、最近の状況はそういうことを許さないのだろう。リュシアン師《さん》はもう限界に達しているように見える。

雨は弱くなっているが、止んではいない。森に入ると木々が雨よけになった。

「クリスさんは不思議な方ですわ」チェンバレンが黙っているのでフェリシテは言葉を探し、クリスを見つけてしまった。「神殿学校にいた方には、初めてお会いしました。立ち居振る舞いが違いますわね。そういえばカルタン師も同じような雰囲気がありますわ。カルタンさんは教皇庁にいらしたんでしょ」

「助祭のバルフさんはどうなんです？」チェンバレンは意外なことを訊いてきた。自分とバルフが懇意にしていることを気付かれたのではないかと、フェリシテは赤面した。

「バルフさんは大学町《セプテントリオ》で勉強なされたそうです。でも学生ではなく、いろいろな用事をしてその報酬みたいな形で帳面やご本を見せてもらったと言っていました。それであたくしの主人に連れられてこちらに来たのです。子供の頃から神さまにとても関心があって、そういう関係の仕事にあこがれていたそうです」

「では望みは叶えられたのですね。あなたの望みは何ですか？」

「あたくし、そんな望みなんて……。今でも恵まれすぎているって感謝しなければならないのに。このまま皆さんが幸せのままで過ごしていかれたなら、と神さまにお願いすることはありますが」

「そうですか。で、もしお望みとは逆のことが、相反することが起こったらどうされます？先ほどお会いしたリュシアン神父、そしてこれからお会いするカルタン神父、あなたのお友達のバルフ助祭、神殿学校からセウェルスに来たクリスさん、皆さん宗教関係者ですよね。——神さまに全幅の信頼を置いている。——その偉大な神さまが信頼できなくなったとしたら、皆さんは困ってしまいますよね。今まで自分が祈って、お願いをしていた相手が、実は自分の思っていたものと違っていたと気付いたとしたら……」

「そうしたら……」フェリシテは平然と言ってのけた。「別の神さまを拝みますわ」

チェンバレンは苦笑いをした。「なるほどなるほど。合理的なご意見ですな。しかし皆さん、そういうことで収まりますすかな」

「あたし、間違えてしまったかもしれません。神さまを理解するなんて本当は不可能なことなのです。でも、誤った道に進んでしまったら、きっと神さまが助けてくださいます」

「神の代理人の教皇が亡くなれば、新しい教皇が生まれる。あなたのおっしゃりたかったのはこういうことではありませんか」

ふたりの前の視界が開けた、離れていた川がふたたび現われ、セウェルスの教会が見えた。

クリスの下宿の窓を通して港が見える。舫《もや》ってある二隻の艀が岸と湾との中間で波に揺れている。あまり大きな波ではない。風は弱いようだ。よく見ると海面に雨粒が同心円を描いている。乗組員は見えない。

「チェンバレンと名乗る男がセウェルスの教会にやってきたのも、雨の日でした」クリスが続けた。

――突然フェリシテを連れてセウェルス教会に来たのは王家の使用人です。出納係だと言っていました。王家はヘスペリアにあり、財政が切迫しているということは後に知りました。

そのチェンバレンという男が、わたくしに会いたいとカルタン師に言い、バルフが地下室にわたくしを呼びに来たのです。


「カルタンさんがお呼びだよ」バルフは笑顔で言った。「お客さまが会いたいそうだ」

クリスは青ざめた。その客とは神殿学校の関係者でクリスを引き戻しに来たのだと、何の根拠もなく思ってしまった。震えながら階上《うえ》に上がると、カルタン師が普段と同じ表情をしているので、ようやく安心した。

「ああ、クリス。王さまのお使いのチェンバレンさまだ。おまえに会いたいとおっしゃってる」

黒い天鵞絨《びろうど》の上着を着て、羽飾りの付いた帽子を手に持った男がクリスに大げさな挨拶をした。クリスも丁寧に挨拶を返すと、男はクリスの顔をじっと見つめた事後《あと》一語一語区切って言った。「神殿学校に入る以前《まえ》で覚えていることがあったら教えてほしいのだが」

クリスは首を振った。ないことはないが、夢のような切れ切れの情景をうまく説明できそうになかった。

白髭の老人が巨大な机の向こうに座り、床に届く程の高さの硯《インクストーン》に筆を付け、黄色がかった薄紙に文字を書いていた。

あるいは四方に果てしなく広がった乾いた土地を（おそらく）母と手をつないで歩いて行くときの夕陽の眩しさ。

それらのことは自分の幻想かもしれないが（過去を美化することはよくあることだ）それだけに自分にとっての重大事であり、他人に言うことではないと思っていた。

「では」クリスの応えがないのでチェンバレンは質問を変えた。「学校は楽しかったかな？」

クリスはふたたび首を振った。

それをじっと眺めていたチェンバレンは静かに「わかった」と確信に満ちた様子で漏らした。そして「もういい。戻りなさい」と言った。

「で、戻りました」クリスが言った。「地下室に。そこでカタマイトを呼び出して、用意してあった壺に入れたのです」

「わかりません」ポレが遮った。「なぜそこでカタマイトが出てくるのでしょう」

クリスは戸惑い言葉を止め、虚空を見て思いを巡らした。「ごめんなさい。カタマイトを壺に入れるのはもっと後刻《あと》のことです。その前に教皇が亡くなるのです。教皇、カルタンの前任者であるセウェルス教会の主祭から教皇になったアリウス教皇です」

「アリウス教皇が亡くなったのはわたしの生まれる前ですから、ずいぶん昔のことです。どのくらいになりますか……」ポレが感慨深げに言った。

「アリウス教皇が亡くなってから、わたくしの人生も変わりました。世界が変わるきっかけのようでした。時々あのままセウェルスの教会でカルタン神父のあとを継いで救世主の到来を祈っている生活を想像することもあります。それもそれなりにいいのかもしれません。まあ、ひとつの人生しか生きられませんが、それでもわたくしには十分すぎる気がいたします」

そろそろ陽が傾いてきた。幸い雨も止んだようなのでポレは辞去しクリスの下宿を後にした。月が出ていたが、まだ落日には少し時間があるようだった。（商店街の奥まで行ってみよう）ポレは突然思い付き、自ら良い考えだと思った。クリスの下宿の文房具店を出て左に行けば未《ひつじ》の波止場、右側は片側町だが商店街が続いている。

酒場はまだひっそりとしている、乾物屋は店主が所在無げに店の前に立って、通りを人待ち顔に眺めたり、ふたたび店に戻ったりを繰り返していた。パン屋は売れ残ったパンを大皿に集め、窓のかんぬきを下ろし店じまいの準備をしていた。鶏屋はひとりの客と真剣な表情で話をしていた。

隣りが剝製屋、仕立て屋や小間物屋、鍛冶屋、薬屋、骨董屋がならんでいた。

商店街は山裾を通る狭い道に遮られる。その道に折れると、小さな教会があった。

空に伸びる尖塔が左右にふたつ、葉飾りを施した立派な円柱、正面の尖頭窓、それぞれ目を引く細工であるが、一回りも二回り小さく隣りの家の屋根よりわずかに塔の頭が越える程度だった。

オリエントに教会はないわけではないが、珍しい。しかもこんな場所に、何度も通ったクリスの下宿の地続きにあるとは、良く知っているつもりの自分の隠しのなかに、異国のコインが入っていたような気持ちだ。

クリスのいたセウェルスの教会もこんな塔や円窓を有していたのだろう。もっと古くて大きなものだろうが。近づいて見ると、前面の扉が開いていて小さな身廊と祭壇が見えた。さらに祭壇には神父らしい小柄な老人が頭を垂れ、祈っているようだ。

ポレは躊躇なく引き込まれるようにその小さな教会に入った。床の軋む音に気づいたのか、神父はこちらを振り返った。クリスの話に年老いた神父が出てくるが、こちらもその仲間のように年老いていた。まばらな白髪、振り返る動作の緩慢さ、背はあまり高くなく、下半身が大きめだった。

ポレの方を見たが、またゆっくりと祭壇に向きを変えた。皺《しわ》に囲まれた口が何か言いたげに、あるいは咀嚼を続けているように動いていた。ポレが近づくと老神父は「救世主の到来は近いのです」と言っているようだった。さらにポレが近づくと、ふたりは向き合った。神父の目は濁り、瞳の色も薄くなっていた。

「この地で教会は稀です。驚きました」というポレの挨拶に神父は「あなたはこの国の偉い人ですね。教会の向かいに山があります。登ってご覧なさい」と呟くように言った。

ポレは意味がわからず教会を出た。振り返ると神父はまた祈りに還ったようだった。

山は階段のような凹みが彫り込まれていた。雨水がまだ残っていて白っぽい土がぬるぬるしている。上り道以外は人の手が入らない雑木林やあるいは座ったら気持ちの良さそうな草原が交互に続いていた。曲がりくねった道を行くと視界が開けて小さな広場に出た。そこからまた短い階段がつづいているのだが、大きな一角獣の彫刻がそこで初めて見えた。

折れそうなとても長い角、胴体と足の均衡がくるっているが、立派な白い岩に彫り込んだ像がそこにあった。

短い最後の階段を登ると、そのやさしい目をした一角獣の浮き彫りに直に対面し、思わず見とれてしまった。洗練された美ではないが原初的な力が感じられ、ずっと見たままでいたかった。

しばらく見ていると白い岩が朱色に染まってきた。一角獣を背にして彼方を眺めるとまさに夕陽が沈もうとしていた。

以前、舟で渡った網の目のような水路もそこからは見えていた。

夕陽が限りなく好い
だがこれは黄昏が近いことを告げている

ポレはこんな詩の末行を思い出した。前半は記憶にない。

いずれ国は滅びるだろう。どんなに強力な国でも黄昏は来る。

教皇庁からセウェルス教会のカルタンに書簡が届いた。教会の連絡網を使ってほとんど手渡しのような手間をかけて届いた書簡はそれにもかかわらず、今作られたような綺麗な巻物だった。カルタンは封鑞を剝がして広げてみた。

＊

拝啓わが兄弟よ。

試練に遭遇する時こそ信仰の力を発揮すべきである。

われらの第二百二代教皇、アリウス一世の試練の時、救世主の降臨を待つ貴セウェルス教会の協力をわれら教皇庁は要請するものである。

貴セウェルス教会はわれらの第二百二代教皇、アリウス一世の出身教会であり、聖なる小天使の発生の地である。さらには神殿学校卒業子羊を新たに加えたと聞く。

われら教皇庁はこの容姿と才能とに恵まれた子羊を祝福し、新たな役儀を要請するものである。行われること稀な役儀ゆえ、修練に励み名誉ある任務を遂行することを願うものである。

ついては教皇庁において特別な研修を受けられたく案内人を派遣する。

貴セウェルス教会司祭カルタン師にも親しい教皇庁小天使養育の経験豊富なギゼラが近日中に貴セウェルス教会を訪れるであろう。

カルタンは読み、ギゼラが教皇庁で確かな地位を得ていること、この書簡の筆者なり口述者なりがクリスを知っていることに驚いた。

数年前クリスを連れての帰路、千の塔の町でギゼラに会ったときには組織のために働くことなど不可能どころか、日々の生活さえおぼつかなげに見えた。

「われら教皇庁はこの容姿と才能とに恵まれた……」ここを読んでカルタンは先日いきなり尋ねてきたダミアン・チェンバレンという男を思い出した。彼は教皇庁ではなく王家の侍従と名乗ってはいたが、クリスに多大な興味を示していた。ここに『つながり』を見出すのは早計だろうか。

そしてカルタンは、この書簡の背後にあるかもしれないさまざまな思惑や罠が目にちらつき、厄介なことだと思った。できれば教皇庁とは無関係に生きていたいのに、いつまでも嫉妬深い人間のように関係を求めてくる、さりとて教皇庁に表立って抵抗する程の勇気はない。

さらに教皇庁はクリスにも手を伸ばしてきた。そして迎えに来るのが、カルタンの育ての親とも言うべきギゼラなのだ。

クリスを引き渡さずには済まないだろう。だからカルタンは自らクリスについて行こうと決心した。教会はバルフに任せ、教皇庁のたくらみがあるのなら、それからクリスを守り、ないのならそれを確かめて安心したいと思った。

ギゼラが訪ねてきたのは、まだ書簡の文言を気に病んでいるころだった。

大きな帽子をかぶり杖に縋って、どれだけ長い旅路だったろうか、ギゼラはやって来た。

まずは手を貸し次に抱き留めカルタンはギゼラを迎えた。

「最後の旅――半分は無事に終えられたわ」意外と静かな息遣いでギゼラが言った。

「帰りは私も一緒に行こう。不安があるのだ。まずは十分休んでくれ。クリスも交えて後刻《あと》で話し合おう。あなたの今回の行動は誰から命じられたのか？」カルタンの方が、むしろ息が荒かった。

「教皇庁の正式な依頼、と言いたいけれど少々問題もあるの。あなたには正直に打ち明けるわ。ただ繊細な部分もあるから……一緒に旅が出来そうなのでそのときに詳しく話しましょう。今願うことはね、地下室に行ってカタマイトを見たいのよ」

突然の欲求にカルタンは驚いた。目的はわかっているつもりだが、今、それをやろうとしていることに少なからず驚いたのだ。

「かまわないけど、何をするつもりなんだい。たぶん見るだけじゃないね」

ギゼラはゆっくり頷いた。「キハーダが欲しいと言うの」


ギゼラが元気になってから、天候を見計らって三人は出発した。

森を抜け、草原を越え三人は川の渡し場に着いた。ゆっくりとした一日の行程であった。川を小さな舟で渡ると小さな集落があり宿屋で一泊した。寒くなり始めた季節の夕食に暖かいものを食べられたことに感謝した。それはうさぎのシチューであった。暖炉の炎のありがたさと空腹が暖かいもので満たされる快感、年老いたギゼラの口は滑らかになった。

「私がこんな旅をするなんて思ってもみなかった。何年前になるかしら、塔の町で会ったときには正直言って二度と会えるとは思わなかった。今回の騒ぎを考えるに、何と私たちの運が良い事、そう、人の不幸と比べるのは良くないことだけど、教皇さまが事故にあわれて、それが今回の騒動になってそのおかげでまた会えることになって、良いのか悪いのかわかりません。ええ教皇さまは説教の途中で台から落ちてしまわれて、未だに正気付いていらっしゃらないそうですよ。息は辛うじてなさっているということですが、それで教皇庁は今後のことを考えなければならなくなったということですよ」

クリスは脅えていた。せっかくカルタン師に連れ出されて自由になったのに、またあの恐ろしいところに連れ戻されるのが怖かった。今度のことはカルタンがどんなに説得しても心底からは信じることができなかったが、なすすべはなかった。そして前回の旅の終わりの方で（まだ船に乗る前に）立ち寄った奇妙な場所、沢山の塔が立ち並んだ危なっかしい場所で（塔のなかにいても襲ってくる鳥が怖かった）この奇妙な老婦人に会ったのだった。

カルタンの育ての親だというこの女は狂っているとクリスは思った。夢の中のようなことを言い、突然に態度が変わる。落ち着いて話ができないのだ。年月が経って少しは極端なところがなくなったようだが、油断はできない。相変わらず焦点の合っていない瞳でこちらをずっと眺めつづけたり、口を半ば開いたまま、あらぬ方を見ていたりする。そして突然大きな声で意味のないことや、こちらが恥ずかしくなるようなことも言う。

さらにクリスは今回の旅が教皇庁の用事で、クリスの訓練を行うという目的が気になってならなかった。おそらく嫌なことだと予想しておけば間違いないだろう。

前回は泊まらなかったこの旅宿に今日は泊まるのだろうがギゼラは妙に元気で、葡萄酒を飲んだカルタンも機嫌良くギゼラの相手をしている。そんなこともクリスには腹立たしかった。

一方カルタンはギゼラに連れられここまで来たが、ギゼラの役目に疑問を抱いていた。もし教皇庁の命令などなく、クリスを手に入れることが目的だとしたら悲しいことだ、ギゼラも年をとって思うに任せないことがいろいろあるのかもしれない。また長い人生はさまざまな問題を生じる。反道徳的なことを行うはめになってしまった人生の綾のようなものがあるのかもしれない。しかし今、ギゼラは大事なことを言いはしなかったか？　教皇の事故、教皇庁あるいは何者かがクリスを何らかの用途で使おうとしていること、これらを中心に考え、行動するのが良いだろう。

ギゼラはシチューのお代わりをした。カルタンは葡萄酒を勧められたが断った。

「こんな話をしたら、カルタン師《さん》怒るかもしれませんがね」ギゼラはクリスの方を向いて口を開いた。

「私がカルタンに初めて会ったのはこの近くなんですよ。まだほんの子供で、迷子になったみたいに泣いていたの……」

そういえば、とカルタンは昔のことをおぼろげに思い出していた。子供の頃はもう自分は成人した大人であるように考え、近づいてくる女（ギゼラだったのだ）が子供をあやすような態度だったのが不思議かつ不愉快であった。

「とても癇の強い子だった」ギゼラが言った。「なにも食べていないのに、私の差し出すパンを手にも取らなかった。でもそのうち、我慢できなくなったのね。小さい声で『ちょうだい』って言ったのよ。可愛かった」

カルタンにはそんな記憶はなかった。いつも心に懸っていたのはこの人生は贋物だという感覚だった。自分がこんな世界にいるはずはないという拭いがたい違和感、どこかに自分にふさわしい本当の世界があるのではないかという思い。今考えてみると、この世と異なる世界を願ったり救世主を望んだりする宗教に魅《ひ》かれた根源はこんなところにあるのではないかと思った。

あまり他人には話さないが、自分の意識は肉体を移り変わっていると考えたこともある。今の人生に意識が移る前の別の人生を時々思い出すのだ。

それは水辺の生活であったり、美しい女と暮らす日々であったりした。

時々夢の中でその世界に行き、目覚めたあとも感覚が残っていて現在どちらの世界に居るのか混乱することもあった。

カルタンは思った。生まれ変わりということがある。遠い昔、教皇は生まれ変わると信じられていて、後継者は前世の記憶がある幼子から選ばれたという。

そういうことを信じる人もいれば、信じない人もいる。そしてもし本当に生まれ変わりというものがあり、生まれ変わる本人がそれを知っているとしたら、人生に対する考えは容易なものではなくなる。

何度でもやり直せる人生——ただ気の遠くなるような長い時間を費やして——そんなに長い人生には、人は耐えられないだろう。しかし幸いなことに自然の調整が働く。人間の記憶はそれほど強力ではない。過去は少し遡れば忘却の霧におおわれてしまう。忘れてしまえば、実際に幾度となく生まれ変わりを経験していても、一度限りの人生と異なりはしないだろう。

カルタンは思いのうちに沈み、ギゼラの話をあまり聞いていなかった。クリスはすぐに他人と打ち解ける性格ではないし、この日の晩餐はギゼラの昔話に尽きた。

夕食後三人は二つの部屋に別れ、カルタンはクリスとふたりだけになり、クリスの心配を和らげたり、もう少し心の底の方に探りを入れたいと思っていた。

こわれやすいものを扱うような態度が長い間の習慣となり、クリスとの間に溝を作り、未だにざっくばらんに何でも話せる関係には程遠かった。

しかし、こちらが話しかけては悪いのではないかと躊躇すると、クリスの方から何ら緊張を孕まない落ち着いた思いやりのある態度で話しかけてきたりする。

しかしカルタンにとってはクリスの言葉はありのままにしては丁寧で論理的過ぎる嫌いがあり、よそよそしくも聞こえていた。

気詰まりな一夜が過ぎ、翌朝は港の青色会《カエルラ》経由であまり待たずに船に乗ることができた。同乗者には旅の一座がいて、前回の神殿学校からの帰りにもよくは覚えていないが、そんなことがあった。偶然の運命の出会いということに思いを馳せてみたくなった。

潮風に顔をなぶられながら、カルタンはこの旅がクリスを神殿学校にあるいは教皇庁に返す旅のような気がした。

潮の匂い、風をはらんだ帆、青空に船を追う白い鷗、その鳴き声。カルタンは向こう岸の大陸が見えるように思ったが、どうも遠くの霞に勝手に陸地を描いていたようだ。

船首に砕ける白い波を見ていると、カルタンは自分がなぜこんなことをしているのかわからなくなってきた。今船に乗っていること、ギゼラとクリスと伴に旅をしていること、あるいは、根本的には自分が神父をしていること、それらすべてが確実に決められたことではなく、たまたまそうなっただけのことのように思われた。

混沌としたこの世に救世主が現われる、という主題を信じそれを待つという集団、自分はその中に在籍している。集団だからその内には権力闘争があり、カルタン自身は難なく良い位置を占めることができたが、根本の虚構を信じていた訳ではなかった。

そして、そんなばかげたことを信じている者がたくさん存在することこそが信じられなかった。どこかに何かに大きな欠陥があり、それがそうさせているのではないかと思ってもいた。

教皇庁の内部に入りさまざまな人間と接してみると、信仰の根本的な問題はほとんど語られることはなかった。そのうちカルタンは彼らは考えが足りなくて神の存在およびその降臨を信じているのではなく、そういった物語を支持し支えたいという意志を表明しているに過ぎないのだと気がついた。虚構を信じている訳ではなく、虚構を存在させたいという思いを持っているのだ。

それはそれで結構だ。私も子供のころ空想を信じるふりをしていた。この呪文を唱えれば嫌な人物が消えてしまうと。

では彼らが叶えたい願いとは何だろう。今の世の中に不満を持ち、絶対の理想の再現者である神が降臨し、この世を変えることだ。

それには賛成しても好い、とカルタンは考える。しかし協力はしたくない。

クリスは船に乗るとき、甲板に大きな馬車が止めてあることに奇異な感じを受けた。しかし、離れた場所に馬が六頭繋がれているのを見て、何となく納得した。馬車も旅をするのだ。確かに海は渡れない。その馬車をよくよく眺めてみると、大きく真っ黒で四角張っていて見たことのない型式《かた》だ。すると天井が開き頭をすっぽり被う布の帽子をかぶった大きな顔が現われた。顎には長い髭が生えていた。

「おお少年よ。この馬車に興味をお持ちかな？　少年よ。君は神につかえる身であると思うぞ(クリスの服装がそういうものだと知っているのだ)。そうしたら芝居を知らないといけないな。どうだい芝居をそれも人間が扮装して大げさに騒ぎまくる芝居ではなくて、美しい小さくて精密な人形が演じる芝居をご覧になったことはおありかな？」

クリスは首を振った。こんないかがわしい男に関わってはいけないのだが、普段見たことのない大きな馬車や、この男の憎めない顔つき態度話し方が何とも好ましいことに思われたのだった。しかしこちらを少し離れた甲板から見ているカルタンのことも気になった。先に進んだカルタンは訝しげな様子でクリスの近くに戻ってきた。

「すまんが私の連れだ。何かあったら私に言ってくれ」

馬車の男は微笑みを浮かべて「これはカルタン神父。先日はリュシアン神父のお手伝いにうかかったヴィンコ劇団のヴィンコですよ。お弟子さんがこの奇妙な馬車に興味を持たれたそうで、ご説明申し上げておりました」と弁明した。

カルタンの怪訝な表情は消えなかったが、こう言って消極的な社交性を発揮した。

「じゃあクリス、船尾《とも》の甲板に居るから、話が終わってからでいいから、そこで待っているよ」

振り返らずに船尾の方にギゼラを助けながら歩くカルタンを眺めながらヴィンコは「長生きしそうなお方だ。さあ早くお行き、また会う機会もあるさ。クリスくん」と呟いた。

クリスはヴィンコ親方が馬車の天井から顔を出したとき、これは自分のための世界の変調の顕現だと感じた。翌朝三人で船を降り、青色会《カエルラ》の待合室でギゼラがカルタンの子供の頃の話を蒸し返しても不快なだけだった。さらに今日中に自分に関する今後のことが明らかになると思うとうんざりしてしまい、何かが起こって世界を変えてくれればと願っていた。

室内に川が流れる青色会《カエルラ》の待合室、青いタイルの建物、カルタンとここに来たのは何年前のことだろう。考えてみれば、神殿学校はもちろん嫌だがセウェルスだってそんなに好いところではない。一番好いのはこのままここに居ることかもしれない——死ぬまで。

するとギゼラが突然「キハーダ」と叫んだ。その声でクリスは現実に引き戻された。ギゼラの視線の先には奇妙な体形の小男が居た。そして、ゆっくりとぎこちない動きでこちらに近づいてきた。

「キハーダここよ」ギゼラが立ち上がって手を大きく左右に振る。

キハーダは大げさなお辞儀をしてギゼラの横に腰を下ろした。座ってもほとんど身長が変わらなかった。

「こちらがクリス。カルタンは心配でついてきちゃったの」ギゼラが紹介する。

「ああ、初めてお会いしますかな。突然大役に抜擢されて驚きのことと存じますが、いつ教皇さまが崩御されても不思議ではない事態ですので、どうぞ真摯にお勤めくだされればと思います」キハーダは声を潜めてクリスとカルタンのふたりに言った。それからギゼラに対し気安い調子で言った。

「ギゼラちゃん。無事で何よりだ。あれはしっかり持ってきたね。お腹に入っているね」

セウェルスでギゼラが最初にカタマイトのことを話し、そしてここでもキハーダはカタマイトのことをカルタンとクリスに聞こえているかどうかは気にしないで、まずは話す。おそらくギゼラはキハーダに依頼され、地下室からカタマイトを盗んできたのだろう。こうカルタンは考えた。しかし、カタマイトを手に入れて何をしようというのか？

カルタンは「クリスの予定は決まっていますか?」と訊いた。「今日は塔で休んで明後日には教皇庁に着けるのじゃないかな」とキハーダは下を向いたまま呟いた。

四人は青色会《カエルラ》の建物をあとにして大きな道に出た。以前この千の塔の町に通じる通りは兵士や商人、一般の旅の人々や輿に乗った貴顕紳士などでにぎわっていたが今は閑散としている。

「教皇さまの具合が芳しくないから、皆さん自粛なさっているかもしれませんね」

ギゼラが言った。

四人はゆっくりだが歩を進め、千の塔の町の中心部に近づいた。数年前カルタンと一緒に登った塔が判別できるようになり、記憶が甦ってクリスは緊張した。深刻な事態が近づいている。

人通りの少ない道の後ろの方からたくさんの樽を転がすような音がし、振り返って見ると大きな黒い馬車が疾走してきた。牽引する馬も多いが、それらの馬の身体からはみ出す程の大型の馬車だ。

——船にいた馬車だ。クリスは歓喜した。——ヴィンコ親方が助けに来たのだ。

六頭の馬が引く馬車の存在は偉大だった。幸い人が少ないからいいようなものの、道の中央近くにある物はみな跳ね飛ばされていた。土煙をあげ、驚くほどの速度で走ってきたから、人々は建物側に逃げた。

「ヴィンコ親方！」クリスは近くまで来た馬車に向かって叫んだ。ヴィンコ親方の太い腕が馬車の前方の扉を開けていた。「クリスくん。ちょっと危ないが注意して乗りたまえ。リリが操っているから大丈夫だ」

クリスはカルタンから離れヴィンコ親方の掌を握ろうとした。指が触れると親方の太い指が握り返してきた。クリスの体は浮き上がり次の瞬間柔らかい革張りの椅子に収まった。

クリスは前途の困難など考えなかった。

「ともかく逃げておくれよ」

ヴィンコに懇願するのだった。

カルタンの目には何が起こったのか捕捉《とら》えられなかったが、自ら逃亡したのか攫われたのか、ともかくクリスが目の前で消えたことは確かだった。

件《くだん》の馬車はそのまま大通りをまっすぐに目的地だった塔の林立している地域めがけ進んでいる。

ようやくふたりの老人も事態に気がついたようだ。ふたりともカルタンをぼんやりと見て、指示を待つような表情だ。自らは何もできない、なにも思いつかない。

こんな場合どうするのが良いのだろうか？　カルタンは思い悩んだ。馬車を止める手立てはあるのだろうか？　たとえ停まったとしても、クリスは戻ってくるのだろうか？　クリスが戻ったとしても、カルタンの思っていたような弟子との理想の生活は可能になるのだろうか？

否、断じて否である。

神殿学校で得たクリスは『千の塔の町』で失われた。

あきらめるのは非常につらいが、いつまでも家出した愛玩動物が帰ってくるのを待ち、年老いてしまった先輩の神父のようにはなりたくない。

失ったことにより新たなものを得る余地が生じたと考えられないか？

カルタンはクリスと登った塔の目前でクリスと別れることになった。そんな前兆があったろうかと過去を振り返ってみたが、何も思い当たらなかった。

クリスは有頂天だった。今までの人生でこんなに大胆な行動をとったことはなかった。

押さえつけられ、命令され、これを覚えろと言われ、自分の意志を無視することを強いられてきた神殿学校時代はともかく、セウェルス教会はそれに比べれば天国のようで、カルタン師は優しく、あらゆる相談にのってくれた。だが、これはクリスの妄想かもしれないが、陰《かげ》で監視されているような気がした。おそらくカルタン師は大きな秘密を持っていて、露見することを非常に恐れているのだろう。だから教えを受けていても、実は別の目的があるのではないかと疑ってしまうことがあった。大体、神を信じていないのに教会の儀式を真摯に信心深そうに行えるのが不思議だった。

クリスは神殿学校も含めた現在までのことを思い出し、今手に入れた自由を喜んだ。しかし今、隣の席にいる大男はクリスの自由を許してくれるのだろうか？

「クリスくん。やるじゃないか。見直したよ、勇気があるんだね」男はクリスを正面から見て口を開いた。馬車の扉はきちんと閉まり、馬は快調に飛ばしている。追手も見当たらない。髭に隠れていた唇が現われ、それが意外と赤いのにクリスは気が付いた。

「どこに連れていかれるか不安だろう。セウェルスにいったん戻る予定だよ。そこで君が荷物をまとめたら（あまり多くは扱えないよ）、オリエントに行こうと思う。われわれ四人は『ほとんど全てを見た者たち』と呼ばれている。クリスくんは新しい仲間だ。われわれは教皇庁とも王ともさらに皇帝ともかかわりのない組織だ。強いて云えばそれらすべての権力構造の上に位置しているものの直属と言えよう。すべてがゆるされているわけではないが、他の人々に比べて大いに許されていることがある。それはおいおい解ってくるだろう」

馬車はクリスの知っている塔の前を通過し小路に入り、しばらく入り組んだ道を走ると港近くの青色会《カエルラ》の建物の裏に出た。ヴィンコが外に出て門番と談笑すると門が開き馬車は建物に入った。

車内に戻った親方は「すぐに出られるそうだ。良かったな」と言った。後ろの席から拍手が起こった。「ああ、マリータとヴェルテを紹介するのを忘れていた。後ろの席にいるのがその二人だ。そして馭者はリリだ。まあ落ちついてから話もできるさ」

馬車は青色会《カエルラ》の裏口から入って、広々とした空間を進んだ。すると、大きな扉があり、さらにその内部に進むと、馬車を固定する器具が床にあり、そこが大きな船の船倉だと解った。

馬車の車輪を革紐で固定すると（クリスも手伝おうとしたが、もたもたしている間に劇団員が手際よく結んでしまった）馬を藁の敷いてある小部屋に連れて行き（これにはクリスも力を発揮できた）水を与えた。

「みんな集まってくれ」親方が言った。「明日にはセウェルスに着く。クリスくんは教会に戻って荷物をまとめ、われわれの仲間になる（拍手！　拍手！）。そう、前回は早く登場しすぎたが、今度はぴったりだ。われわれの深遠な目的、信仰の普遍性を目指して行動を起こす時がついに到来したのだ。教皇庁は教皇庁で手を打ってくると思うが、まあその時はその時、問題がおこったらそのつど考えよう。それでクリスくんはまだこの世界に慣れていないので、何かと相談する者が必要だ。そこでリリューム（みんなはリリと呼んでいるが）おまえの年齢はともかく経験は豊富だし、何でもできるからクリスの面倒を見てやってくれ」

ヴィンコに指名されたリリはクリスに微笑みかけた。

クリスは少々恥ずかしく、驚くほど顔が赤くなった。

ようやく「よろしく、お願いします」と言えた。

「どういたしまして」リリが応えた。「クリスさんはとても大事な役割があるって聞いています、（クリスって呼んで好い？）特に体を使う部分であたしにお手伝いできたらって思っています」

リリが大きな馬を六頭も操っていたのをクリスは思い出し、目の前にある華奢な体を感心して眺めた。

ヴィンコ親方もふたりを見て言った。

「病床に伏している現教皇アリウスの出身教会であり、カルタンが現在祭司をつとめ、クリスくんが助祭をしているセウェルス教会はきわめて特殊な教会なのだ。それはカタマイトと称される生物の棲息する湖と接していることだ。

そしてカタマイトは（理由はわからないが）多くの教皇が独自の個体を所持している。まるで自分専用のカタマイトを持っていないと教皇の資格がないかのように。多くの場合、カタマイトには名前が付いている。栄光、炎、などという名前が。

教皇庁はカタマイトのことを知っているはずだ。しかし公《おおやけ》にはしていない。で、われわれがなぜこんな問題にかかわってくるのかと言うと、『真の神』の願望がある。『真の神』はカタマイトを使ってみたいらしい。だから、クリスくんに（これは命令ではなく、もし自主的にやってくれるのなら、という話であるが）カタマイトを連れてきて欲しいのだ。あとは『真の神』が環境を整える」

「あたしがクリスと一緒にセウェルス教会に行きましょう」リリが親方に言った。

「カルタン師がいないから、ネムス教会のバルフがいるでしょう。知り合いです。僕にはカタマイトの話すことがわかります。そして、今のお話どおりだとすれば、（僕の知っているカタマイトが近くに居るかどうかわかりませんが、教会の地下室に時々現われるのです）カタマイトを呼び出して（名前はつけていません）僕と一緒に出かけないかと聞いてみましょう」クリスはゆっくり喋りながら、自分とカタマイトを比較していた。自分がカルタンの役割をするのだ。

ヴィンコ親方は頷くと「わかった。向こう岸に着くまで休もう」と言って去っていった。リリは「あたしたちも休みましょう。甲板のベンチか、馬車の座席、ああ、マリータとヴェルテはどこに行ったのかしら。ちょっと探してくるから、あなたはどこかで休みなさい。ひとりになりたいかもしれないわね」とクリスに言った。

クリスは安心して甲板に居ると言い残してリリと別れた。


甲板のベンチは長年の潮風の所為か色が抜け、まるで骨でできているようだった。クリスはそこに腰を下ろし目を閉じ少し眠ったが、以前見た夢がまた繰り返されそうになり目が覚めた。日が沈んでから甲板に出てきたマリータとヴェルテと、リリを通じて途切れ勝ちなお喋りをした。マリータはリリの母親くらいの年齢に見えた。歌が専門で普段の声も良く通り大柄で明るく振る舞っていた。ヴェルテは後頭部が尖っていて、あまり喋らなかった。クリスが初めて見る種類の人間だった。濃い褐色の薄い皮膚に包まれた精悍な顔立ちは、よく見ると尖った後頭部に似合っていた。人工的な頭蓋変形がなされているとクリスは思った。

ヴィンコ親方は姿を見せなかったが、一座の三人が親方を尊敬していることは、言葉の端々から感じられた。ヴェルテはほとんど喋らなかったが、深い考えを持っているようだったし、何よりも礼儀正しかった。

リリはクリスとふたりだけになりたがったが、クリスは怖かったので話を逸らしたり、わからないふりをした。

港が近づくとヴィンコ親方が甲板に上がってきた。

「向こう岸が見えた。馬車の準備だ。リリ、クリスにも手伝ってもらえ」

ふたりは船倉に降り馬の具合を確かめ馬車に繋いだ。

港が迫ってくると、マリータとヴェルテが馬車に乗り込んできた。ヴィンコ親方は全体の様子が見渡せる場所、馬車から離れた船倉の壁に寄りかかった、リリが馬をなだめているあいだに、クリスは馬車の絆を解《ほど》いた。

船着き場にぶつかる衝撃に船は大きく揺れたが、しばらくすると固定され、揺れが退《ひ》いた。

ヴィンコ親方は力まかせに壁にある大きな扉を開いた。黒い地面、さらにその向こうの草原が見えた。扉の開口部の正面に陸に繋がる木橋が現われた。

「じゃあ、一気に行こう。リリ頼んだぞ」

リリが馭者台に座り、クリスに隣に座るよう合図した。ヴィンコ親方は馬車の座席に体を押し込み、扉が閉まらないうちに馬車は走り出した。

船着場を越え、来る時に泊まった旅宿を後ろに見て、その時に小舟で渡った川も馬車のまま渡り（水が跳ねて子供に還ったような楽しさ）、すぐに草原に入った。馭者台の高さ、馬の背中や尻が目の前に迫ってくる、馬の尻尾が左右に尻を打つ、初めて見る光景は怖い気持ちと楽しい気持ちの綯交《ないまぜ》だった。

馬車のまま森に入った。木々の枝や葉が車体や馬の胴をこするが見事に通り抜けられた。そのうち教会の尖塔が見えて来た。

教会の前にはバルフとフェリシテが立っていた。フェリシテは古びた人形を腕に抱いていた。

リリは「助祭のバルフさん？」とクリスに訊いた。

「うん。フェリシテも一緒だ。仲良しのふたりだよ」

馬車を止めると、バルフはこわごわ鼻息の荒い馬を避けてクリスに寄ってきた。

「クリスいったいどうしたのさ。この人たちは？　カルタンさんは一緒じゃないのかい？」

クリスは答えに窮した。黙っているとリリが助け船を出してくれた。

「わたしたち」と言って馬車を示した。「以前、神父さまのお父様のお葬式にお手伝いにまいりました。今度はクリスさんのお役目を手伝うことになりました。ご一緒に教会にまいります」

丁度ヴィンコが馬車から降りて来て、話を引き継いだ。

「バルフさんかな。リュシアン神父はいかがかな？」

待ってましたとばかり、バルフは答えた。「難しいですね。何も食べずに寝台でぼんやりしている日々です。この前居なくなったので、慌てて探したら滝の裏側の例の洞窟に居たのです。すっかり心は天国です」

「そうか、こういってはなんだが、死ぬ練習をしてるんだろうな。周囲も覚悟が必要なのかな。実はわれわれ、クリスくんに協力してあるお方のご用事を請け負っているのです。それが急なことで時間と場所が決まっているので失礼を致すことになりかねません。どうぞお許しを」

バルフは良く理解できないながらも、ヴィンコ親方の勢いに押され頷いていた。

「ではクリスくん、必要なものを持ってきなさい。ああリリも手伝って。わたしは馬車に居るよ」

クリスは急いで教会の地下に行った。運がよければカタマイトがすぐに出てきてくれて、物事は順調に進むだろう。でも不運だったら……。

リリを案内して聖具室の地下に行く。湖からの水の浸入を説明し、ここでカタマイトを何度も見て、会話もしたことを話す。時間がない。まずはカタマイトを呼び出し、容器に入れ（水が必要だろう）、クリスの私物も整理して持っていかなければならない。気持ちが焦ると何事もうまくいかないことはわかっている。試しに以前のことを思い出し、湖の方に向かってカタマイトを心の中で呼んでみる。しかしクリスが地下に降りた時カタマイトが居たことはあっても、クリスがあらかじめ地下に居てカタマイトが来たことはなかったような気がする。そんなことでも不安になり、眺める水面は何の変化もなく、クリスの心だけがとても焦《じ》れていた。近くにいるリリは余分なことは言わないが、存在自体がとても気になる。意を決してクリスはひとりでないとうまくいかないから、ひとりにさせてくれと懇願した。

　リリは頷くと梯子を登った。神経質だが扱いにくい訳ではない。素直な良い少年だという印象だ。古い教会はいろいろなことがあるものだ。カタマイトとやらはどうなるのか。時間割では早いに越したことはないが、今はどのくらい待てるのかが重要になってくる。とりあえずヴィンコ親方に報告しておこう。

　リリが教会の外に出ると女の声が聞こえた。辺りを見渡すと川の畔の草原にさっき出会った男女が腰をおろしていた。

「あたし、どうしたらいいのかしら？」

「別に今までどおりでいいと思うよ」

「こんなことになってしまっても？」

「うん、それは考えてる」

「ふたりでここを出ない？」

先ほど教会の前にいたふたりだったが、リリの姿に気付いたのだろう。声は止《や》んだ。

リリは馬車を出て馬の様子を見ているヴィンゴ親方に近づいて言った。

「クリスはちょっと時間がかかりそうです。一人でないと気持ちが落ち着かないそうで、あたしは出てきました。どのくらい待てますか？」

「そうねえ。時間的には実は余裕があるのだが、私が早くこの仕事を終えたいのさ。今度のことは最初から出る場所を間違えたり、どうも具合がおかしい、気持ちは十分だが、なにか大きな失敗をしでかしそうで、ともかく早くおしまいにしたいのさ」

リリは頷くと二人は沈黙した。そのまま多くの時が過ぎた。

二人はただクリスを待っていた。

教会の別の出口から逃げてしまったのではないかとも思った。教会の中に入ってみようとリリが考え始めた頃クリスが壺と大きな袋を持ってあらわれた。

リリは駆け寄って「どう捕まえた？　忘れ物もない？」と尋ねた。

クリスは軽く頷くと、そそくさと馬車に乗り込み「お待たせしました。出発できます」と声に出した。

「よし行こう」ヴィンコ親方が宣言した「さあ出発だ！　セウェルスをあとにして出かけよう。どうなるかは運次第。ともかくここを離れよう」

それは歌になった。マリータが美しい声でうたい、ヴェルテが太鼓のように拍子をとった。

ヴィンコはにこにこして音頭を取った。

「どうなるかは運次第。ともかくここを離れよう。運がよければ教皇さま、運が悪けりゃのたれ死に」


クリスは教会を出るとき、後ろからバルフに話しかけられた。「クリスさようなら。ぼくはフェリシテと一緒に暖かい国に行って、新しい生活をはじめるよ」クリスは聞いていたが、現在の状況がそれどころではなかったので、バルフを振り返り、小さく頷いただけだった。バルフの影になったフェリシテの顔が悲しそうだった。

オリエントに行くには教皇領を通過しなければならない。『ほとんど全てを見た者たち』は問題なく通ることができるだろう。ヴィンコ親方とある程度親しくなったクリスはそう確信した。

教皇領に入るのは問題なかった。しかし少しでも移動すると軍服を着た人間に止められ調べられるのだ。そして何かと珍しいものを見つけて（芝居の小道具がいっぱい詰め込んである）欲しがるのだ。相手はどういう地位にいるのかはわからないが、逆らわない方が得策だろう。結局欲しがるものを与え引きかえに通してもらうことになる。

教皇領は大きな公園のようだった。所々に噴水があり、芝生や緑の細長い葉をつけた木々があった。綺麗なロバが人や荷物を運んでいた。人々は穏やかで軍人だけが怖い目をしていた。

一座は大きな樹の前に馬車を止め、人形芝居を演じた。軍人がくつろいだ様子で芝居の準備を見ていると、人々も三々五々用心深く集まり、そのうち抑えた笑い声や歓声が聞こえてくる。

意外なことに人々はもう教皇は亡くなったものとして、新しい教皇がどのようにして何時選ばれるのかを噂していた。そういえばクリスはカルタンから、本当はすでに教皇は亡くなり上層部で権力争いにまつわる混乱が生じているのだろう、それが収まるまで正確な発表はないのではないか、という意見を聞いたことがある。そのときクリスは、カルタンも本当は教皇になりたいのではないか、という考えが浮かんだ（教会の前任者が今の教皇ということが関係していると思う）。あんなに神を否定して教皇庁を毛嫌いしたうえで教皇になるのはある意味痛快なことかも知れず、カルタンだったら意外ではない。

クリスは集まった人々の身に着けている物や劇に対する反応を興味深く見ていた。見ていながら頭の中では時々自分の取った行動を後ろめたく思い後悔することもあった。カルタンに申し訳ないと思ったが、今更引き返すことはできない。夢の中でカルタンが追いかけてきたり（見たこともないような恐ろしい顔をしていた）、フェリシテが血まみれになって子供を生んだりした。

芸の練習がそういったことを忘れさせてくれた。クリスも神殿学校で音楽を習っていたが、マリータやヴェルテの歌声には驚いた。マリータはどんな高い音も、どんな低い音も出すことができた。そしてヴェルテの発する伴奏のような声が歌を華やかで厚みのあるものにしていた。

ヴィンコ親方の人形は顔と手だけが精密にできていて、胴体や足はただの棒だった。絹の衣装を着せ帽子をかぶせると立派な姿になった。頭を乗せた桿《かん》を右手で持ち左手で人形の腕にあたる部分を動かし仕草をさせる。桿の把手を引くと頭が細かく動き、頷いたり首を振ったりした。

「やってみるかい」という言葉に甘え見よう見まねで動かしてみた。「うん」と親方は言った。「なかなかいいじゃないか」

教皇領の旅は長いようで短かった。

初めての風景、それは人の手が多く入れられた人工的な要素の強い風景だった。教皇領を区切る鋳鉄の柵、噴水の彫刻や池の周囲の装飾、平らに均《なら》された道、人々の職業をあからさまに表わす芝居で使われるような衣装。

クリスは多くの人々に会い、観察し、人形遣いや歌の訓練をした。聖から俗への文字通りの転落だ、こう思って苦笑いをもらした。

教皇領を越えると土地は日出《オリエント》の地となる。柵の前に辿り着くと独特の地形が見えてくる。うねうねと曲がりくねった道、鋭く尖った小さな山、湖か入江か、青い水がゆたかに揺蕩《たゆた》っている。その向こう岸は鋭く切り立った崖になっている。そして左側には針葉樹が右側には鋭い断面を見せた岩石が積み重なっている。蜿蜒《えんえん》と続く道を目で追うと湖を迂回してその先まで続いているようだ。

一同は無事教皇領を出ることができた。ヴィンコ親方は馬車の屋根を開け、まわりを見渡した。

「行方不明になったカロン皇帝がこの先に居るんだよ。そこにカタマイトを届けることが今回の目的さ。クリス、カタマイトは元気かい？　わたしも見ていないのでちょっと見せてくれ」

クリスはカタマイトの入った壺を差し出した。実のところ壺のカタマイトが生きているかどうかまったく自信がなかった。

受け取ったヴィンコ親方は壺の蓋を開けながら「どうだろう。元気かな？　飛び出したりしないだろうな」などと言い、「おう、大丈夫だよ」と壺に話しかけた。

リリが壺を囲み「蓋をした方が……」と言う。

クリスは気が気でなかった。教皇領を旅している間、カタマイトがとても気になっていた。しかし、蓋を開けて確かめてみる気にどうしてもなれないのだった。蓋を開けないまま日にちが過ぎると、ますます蓋を開け辛くなる。心の中ではカタマイトを確かめてみてそれなりに対処しなければならないとわかっているが（死んでいるなら死んでいるなりに）、真実を知るのが怖かった。しかし今のやりとりでカタマイトが健在なのがわかり、ようやく安心した。

「さあ行こう！　あの曲がりくねった道を一気に走り抜け湖の畔へ」ヴィンコ親方が叫んだ。

リリが馬に鞭を入れる。馬車は前後左右に大きく揺れながら坂道を降《くだ》る。鋭い小さな山の群れが近づく、深い緑色の水をたたえた湖が少しずつ大きくなり、湖面の波紋や浮かんでいる鳥も見えてくる。道は曲がって岩山に接近する。そしてまた逆方向に曲がり湖の端に出た。

視界が開け、気持ちの良い場所だった。ひとりの若い男が近くの洞穴から出てきて「あまりにやかましい音がしたのでびっくりして出てきたがいったいどこへ行こうとしているのだ」という意味のことを喋った。

ヴィンコ親方が馬車から降り、「われわれはある重要なお方から命を受けここに来た。あなたは皇帝の従者ではないのか。もしそうなら皇帝に会わせてほしい」と言う。

洞窟の中から声がした。「プルーナ、誰か来ているのか?」

プルーナは洞窟に戻りふたたび出てくると「カロン様がお会いになるそうです」と言った。『ほとんど全てを見た者たち』の三人、ヴィンコ親方とリリ、そして(光栄の極み!)クリスが洞窟に入った。

カロンさま、以前の皇帝、偉大なカロンの時代をつくった男は、今やまるで乞食のような薄汚れた布(もとは純白だったに違いない)を身につけ、髪も髭も乱れ何とも表現できない色のまだらになっている。

「あああ」とカロンは意味のない声を上げながら三人をひとりずつを正面から見る。見定めるという雰囲気だ。そして「人形劇を演じると聞いたが……」と呟いた。

ヴィンコ親方がすかさず「はい私たちはこの道数十年一筋に精進してまいりました。幸いこの前に舞台となる馬車がございますので、そちらでよろしければお目にかけましょう」

カロンは黙って考えている。しばらくして「今はどうかな。今はよしてまた今度ということにしようか。ものを見たり聞いたりするのもいつでもいいわけじゃなくて、乗り気になれないときがあるものだ。悪いが今急にとはいかないのだ」

ヴィンコ親方が言った。「実はこれをお持ちいたしました。ここにおりますクリスはセウェルス教会におりまして、カタマイトとは懇意にしておりますゆえ」

カロンは壺を受け取り、クリスをジッと見つめた。そして壺を抱えたままゆっくりと頭を下げた。「ありがとう。わたしが皇帝だったなんて誰も信じないだろう。それでいい。何もかも嫌になって、全てを放り出して、どうにでもなれと放浪を始めたのだ。はじめは一人でどこか適当な場所で死のうと思ったのだが、そう簡単に死ねるものではない。そのうち皇帝時代に懇意にしていたプルーナが追いかけて来たのだ」

ヴィンコ親方は言った。「私たちは真の神の望みを実現する仕事をしております。真の神は貴方様にカタマイトが必要と察したのでございます」

「真の神とは何のことだ。誰もが自分の帰依する神が真の神だと思っているだろう。わたしは何も信じていない。信じることができればいいのだが」

「わたしも信じてはおりません」ヴィンコ親方が言った。「信じる必要のない事実ですから」

カロンは頷き壺を抱いて踵を返し洞窟の奥を向いた。

プルーナはヴィンコたちに会釈をした。見ての通りということだ。カロンはゆっくりと奥に向かって進んで行く。破れた衣装から骨ばった体の輪郭が透けて見えた。奥には明かりがあるのだろう。

あんなに気になっていた壺が自分から離れていく、クリスはカロンが遠ざかるにつれて安堵した。


洞窟の奥に簡素な暖炉があった。

カロンはその前に座り壺を開けた。先ほどから「開けてくれよ。苦しいよ」という声が聞こえたからだ。

追いかけてきたプルーナを追い返し、壺の中を覗いてみる。また声がした。「ああ明かりに近づけないでくれ。眩しいじゃないか」

カロンは謝った。

壺の中からの声は続いた。

「私の名はガニメイド。給仕をしようか、それともおまえに取り付いてやろうか。そうすれば次第におまえは自分という考えがなくなってくるだろう。そして羊や山羊のように何も考えずにただ生きているだけの存在になる。なぜ生きているのか、どのように生きるべきか、そのようなことを考えなくても済むようになる。自分のことだけでなく他人のことも気にならなくなる。そしてそれこそが教皇の資格だ。

今のおまえのなかには年老いた女がいる。この女の泣き声がおまえを苦しめ、ため息がおまえの命を蝕む。

この女を開放してやることだ。やさしい言葉で泣き止ませ、背中をさすって息を楽にさせるのだ。そして静かに女を外に誘うのだ。女がおまえから出てしまえば元の綺麗なおまえに戻ることができる」

カロンは壺から奇妙な生物が飛び出し、自分の顔にぶつかるのを知っていた。それはカロンの口を開き口腔内に入ろうとした。

＊

ポレはまたクリスに会いたくなった。鶯梅殊《おうばいじゅ》から聞いた教皇軍の侵攻の前に知りたいことがあるような気がした。何を聞きたいのか、今ひとつはっきりしないまま、未《ひつじ》の町にまで舟を進めた。そしてクリスの下宿に着き心に引っかかっていたのは『病院船』のことだと思い出した。

クリスはいつものようにたったひとつの机の前に座っていた。そして「今日はいいお天気ですね。波止場にいきませんか」と言った。「宝苓《ほうれい》さんと偶然お会いしたのもあそこですし」

ポレはその時の光景を思い出し、時の経過と偶然というものを思った。人々の出会い運命の絶妙さ残酷さ、こういったことから神を信じる人々もいるのだろう。

港の小さな噴水の近くの席は空いていた。ふたりはあの時のように席につくことができた。かもめが翼を広げて海の方に飛んでいた。

「風が吹いている。海の匂いがする」ポレが呟くように言った。

「天気がよければここは最高ですよ」クリスが付け加えた。「わたくしも宝苓さんにお話ししなければと思っていました。でも、ひとりになって良く考えてみると、記憶の間違いや、起こったこととの時系列《じゅんばん》が正しくなかったり、感想が自分のものではなく、他人から聞いた意見だったりすることがあると気がついたのです。これはわたくしのような年老いた者は特に顕著《ひどくなる》のではないかと思います。さらにお話をする時の勢いのようなものもあります。話相手が道筋をつけると、どうもそれに随《したが》ってしまい、結果として間違ったことを言ってしまうことがあるのです。もちろんわたくしの責任ですが、みんながそんなに律儀に正確なことを言っているとは思えません。そんなことも配慮して理解していただくとありがたいのですが……」

クリスは話しはじめると、収拾が難しくなってしまう、とポレは思った。聞きたかったこと、まずは病院船について尋ねてみようと思った。

「以前、病院船についておっしゃってましたが」

「ああ、病院船に収容されていたことですね。あのとき口が滑ったのでしょう」クリスは少し笑った。「旅回りの人形劇団に入ったことはお話ししましたね。それでいろいろな場所を徊《めぐ》っていたのですが、そうその前にあの劇団は『ほとんど全てを見た者たち』というのですよ。奇妙な名前でしょう。親方が言ってました。そして彼らは『真の神』というものを信奉しているのです。〈真の神の命でなになにをする〉というふうにですね。なんだかその『真の神』にこの世界における計画があって、彼らがその手助けをしているという風なのです。ああ、失礼しました話を戻しましょう。

本来の姿ではなく贋の姿に身を窶《やつ》し生業《なりわい》にする役者はこの世界への異議申立て人であり、この世界を壊してしまうもの、という考えがあるのです。為政者はこういう人間たちを憎んでいます。陸地から離れてそういった者たちを収容する施設が病院船なのです。わたくしもそういう一味ということで逮捕され船に監禁されたのです。しばらくはそういう地獄のようなところに居たのですが、船のなかで革命が起こり反支配者、つまり反教皇庁ですね。そういう独立した組織のようなものになったのです（本来の船の支配者、船長たちは処刑されました）。時々港の近くに上陸し、食料や必要な品々を強奪する（全く感心できる行為ではありませんが）、新しい船長、いや穴熊の王と自称していましたが、その男が手下となった者たち（穴熊の何番と呼ばれていました）にそれらを配分する。そうして、病院船がひとつの国のようになってしまったのです。しかし組織を作ると必ず裏切り者が出るものです。わたくしはそういった者の親切で病院船を脱出することができたのです。本当の名前は知りませんが、穴熊の三番と名乗っていました。彼も病院船を脱出したく、どういう訳かわたくしを気に入ってくれて、仲間にしてくれたのです。そして何年も経った今でもいろいろ助けてもらっています。鷲氏の庭で拙い芸をお見せしたときも、そしてあなたをこちら、未の町に招待したときも」

ポレは驚愕した。流しの舟が穴熊の三番を使ったクリスの計画であり、偶然と思っていた事柄は神ではなく人間の所業だったのだ。

「驚きました」正直にポレは言った。「さらにお訊きしたいのは、カタマイトのこと、訶論《かろん》皇帝との接触のことです。カタマイトとは何でしょう？　教皇庁では、オクシデントでは、なぜカタマイトが重要視されるのでしょうか？　それから、訶論《かろん》にあなたがお会いになったのは訶《か》論《ろん》が行方不明になったあとではありませんか？　すでに皇帝ではなくなってから、訶論《かろん》はどうしたのでしょうか？　その後の消息をご存じでしょうか？」

　クリスはポレの質問にいちいち頷きながら聞いていた。「カタマイトのことを知っている範囲で話します。まずカタマイトは特殊な生物です。人間の体内に侵入しそこに定住しその人間を変えてしまいます。人間の内部で安定した状態を獲得したカタマイトは人間との心理的接触が可能となり、人間の方からすれば、自分の内部に他者を取り込んだ形となり他者の存在を常に感じるそうです。これはまことに不快な状態であるが、何らかの方法でカタマイトが体内から出るとカタマイトによって感じられた他者の意識だけではなく自分自身の意識も希薄になり、とても落ち着いた広い心、悟りをひらいた者のような意識になると信じられています。これが代々の教皇や賢者の肖像に賢者自身とともに幼児のような姿が描かれている理由だと言います。つまり、体外に出たカタマイトなのです。

次にカロン皇帝のことですが、なにしろわたくしが自由になってようやく芝居馬車になれた頃に出会ったものですし、何か異様な状況でありました。さらにこちらの心もまだ定まっていませんでした。洞窟に住み、身につけているものもみすぼらしいものでしたから、とても皇帝とは申せない状態でした。以前いい加減なことを申したかもしれません。そんな状態でしたから間違えても許されると思っていました。そしてカロン皇帝のその後は何も聞いていません。宝苓さんは今の皇帝の替人《みがわり》をなさっていたのでしょ」

ポレはもう驚いてはいなかった。すでに食べてしまった料理の手順《つくりかた》を聞いているようだった。

「ええ、その通りです。鶯氏の口添えで……。白状しますが、単なる身代わりではなく、本当の皇帝、娃柳《あるる》皇帝が至らないときに私が重要な決定をしたこともあるのです。実は今日その鶯梅殊と会う約束をしています。もちろんいらっしゃるでしょ？　穴熊の三番の舟で参りましょう」

ポレは常に桃英《とうえい》の死について考えていた。それが今のように舟に乗るとより強くなる。

桃英が死んだあと、いままで行ったことのない場所に、川をいつまでも遡って行くことを考える。雨が降っていると好い、弱い雨なら。水面に波紋が次々と描かれる。

そのうち川岸に桃英の家が見える（とりもなおさず鶯《おう》氏の家でもあるが、そのようには考えない。さらに実際には川沿いにはないのだが）。

舟を降り家の中に入ると桃英がいる。懐かしくてどちらからともなく話しはじめる。話が尽きない。しかしポレは途中で気がつくのだが、話すに連れて桃英の声が少しずつ高音になる。そこでこれは本当の桃英ではないと気付く。桃英が死んでいることを忘れていたのだ。しかしまた会いたくて時々その家に行くようになる。そのようなことを繰り返すのだが、そのうち桃英が川で死んだことを思い出し、行けなくなる。怖いのではない。なぜ行けなくなったのかわからない、行ってまた楽しく話せば好いのに、と思う。あんなに夢中で話したのに……。

こんな幻想を弄ぶ。しかし舟が垂楊亭《すいようてい》に着くと窓越しに桃英《とうえい》の姿が見えて嬉しくなる。桃英は鶯梅殊《おうばいじゅ》と話しているようで、盃を持って微笑んでいる。

ポレが同じ卓に着くと『一點通《いってんつう》』に用事が済んだら来られないか、と言ってきた。今夜は鶯氏によれば教皇軍の幹部と話し合いが持たれ、決裂すればその時点で侵略が始まるという。重要な会談だが、桃英には役割はない。彼女がここに来たのもポレに逢引の場所を教えるためだとポレは思いさらに嬉しくなった。鶯氏は知っていて笑っている。

「要件は伝えたし、そろそろ出発しようか」鶯氏が言った。

ポレは鶯氏が自分に対して負い目があり、良いあしらいをしている、と思っている。おそらく教皇領での一件が鶯氏にも悔悟の情を催させたのだろう。しかし自分が幻想とはいえ、なぜ桃英の死を思ったのかそれはわからない。自分の性的嗜好はあるが、それはそれで満足されていると思う。夢のお告げのようなことを信じる人は意外に多いのだが、それはあとから考えてみれば、という時間的錯誤によるものだろう。今夜『一點通』で会ったとき、今考えたことを忘れないでいよう、ポレは思った。

クリスはオリエントに来てから随分、鶯氏の支援を受けた。そして鶯氏に会う度に思っている断片のようなものがあった。そして今も鶯氏の後ろ姿を眺めながら、この人は誰だろうと思っていた。この人には以前会ったことがある。自分がまだ物事がよくわからなかったころ、ある意味では自分の黄金時代に。

鶯梅殊は桃英を気遣い何事かやさしく話していた。その後桃英はポレに目で挨拶をおくり舟上の人となった。桃英が離れてゆくにつれ、ポレは川で溺れ死ぬ彼女を思わずにはいられなかった。

鶯氏、ポレ、クリスが乗って穴熊の漕ぐ舟は碧江《へきこう》の河口に向かった。

茫湖《ぼうこ》から流れを下り、しばらくすると視界が開け緑色の水をたたえた碧江《へきこう》が見えてくる。晴れていればヘスペリアの豊かな大地が水平線に浮かぶ。

碧江に注いでいる川はこれひとつだけではない。だが、教皇側はここを指定した。河口は砂浜で浅瀬になっていて水に被われた小さな石や木切れ、貝殻などが砂に半分埋もれている。

一行は舟を陸に挙げ、岸から夕陽を眺めた。鶩氏と穴熊はしばらくすると川岸の小屋に入った。ポレとクリスはふたりだけで夕陽に染まった景色をまだ眺めていた。景色に飽きてしまうと足元の浅瀬の底の砂に埋もれた様々な物を吟味して手にしてみた。水の中で綺麗に光っていた小石や貝殻も掌に載せてみると、さほど美しいものではなかった。

クリスが夢中になって屈むと靴が滑ったのか倒れそうになった。ポレは近くにいて背中を支えることができた。「大丈夫ですか？　滑りますよ」

クリスは少し動揺していた。「ええ。ありがとうございます。大丈夫です」

ポレはクリスの背中に当てた手はそのままに右手をクリスの左手に添えた。ダンスをするように。「ほら、こうすれば安心です。支えますから」ポレはクリスの緑の瞳を覗いた。この老人の若い頃を想像しようとした。

クリスはほほえみ「せっかくですから、踊りましょうか？　わたくしについてきてください。いいですか」

ふたりはゆっくりと歩調を合わせて踊りの真似事をした。踊っているうちにあたりが暗くなったことに気がついた。

日が暮れすっかり暗くなったが、だれも来なかった。四人は小屋に集まり、穴熊が小屋から見える場所に明かりを灯した。鉄かごに松明を入れたものだ。暗い小屋の中でポレは外が妙に静かで、軍隊がいる気配などしないのが気になって鶯氏に近づき聞いてみた。「なにも起こりませんね。どうしたのでしょう」

「そうだ、だが、待つしかないだろう」

わたしは思うのですが、ポレが言った。「教皇はもう力を持っていないのではありませんか。軍隊を動かすような力は。そしてこの機会に伺いたいのですが、教皇領でわたしに起こったことはあなたが望んでいたことなのですか？」

鶯はじっと考えていた。そしてはっきりと頷いた。「そうとられても仕方がないと思う。わたしと教皇とは長い長い関係なのだ。まだ彼が教皇になる前からの」

穴熊が小屋から外に飛び出した。そういえば遠くで音がする。ポレは鷲氏の言葉を途中で止めた。「来たようですよ」

ポレたちの降《くだ》ってきた川の向こうが火事のように地平線から明るくなっている。同時にたくさんの人、物がこちらにやってくる地鳴りのような音がした。地平線の明かりはそのうち個別に分割され見えてきた。全体ではなく塊ごとの輪郭がはっきりしてきた。近いところでは、大蛇のように細長く連なる明かりが左右に揺れながら動いている。

「ああ、来たよ。ハールーン教皇だ」鷲氏が独り言のように言った。

おそらく教皇の乗った車を引いているのだろう。鎖につながれた奴隷が松明を持った監視兵に付き添われ太い綱を引っ張っていた。奴隷の連なった先、七色の綱の先には夜のなかでも鈍い光をたたえた教皇が乗っていると思われる乗り物がゆっくりと進んでいた。大きな卵型の外形で彎曲した硝子を鉄の枠で留めている。

恐ろしくゆっくりとした時間が経過して、教皇の乗り物は小屋のそばまで来た。奴隷たちは引き綱が螺旋を描くような位置をとって腰をおろした。松明を掲げていた兵士たちは少し離れた場所に整列した。

太い金属の枠組みにはめた硝子は内部のものを歪んで見せていた。紫色の布を纏った身体が立ち上がり、白色の布を纏った身体が跪き、出入り口を開き地上に降りた。

白色衣装の若い女が、小屋の脇に立っていた一行に近づき、丁寧な礼をしてこう言った。

「教皇さまが、宜しければ球体《オーウム》にいらしていただけないか、とおっしゃっております」

鷲は奴隷たちが引いて来た教皇の乗り物を指さした。「あれだね」

「さようでございます」女が応えた。

「私は舟におります」穴熊が鷲に小さな声で言った。

そこで鷲、宝苓、クリスが白色装束の女に従い球体の前に進んだ。

球体の先端部が上に開き、丸い入り口から覗くと老人が角灯《ランタン》を提げ心配そうにこちらを見ていた。

第二百三代教皇ハールーン・ラシドは以前、訶論《かろん》という名の皇帝だった（何代目かはわからない）。カロン皇帝はオリエントの偉大な時代を創り上げた、と言われている。本人はそんな大それたことを行なったとは思っていない。時代が、周囲の人々が、そして運が良かったのだ。年齢を重ねると様々な儀式や決定が煩わしくなってきた。もともとそういうことを重要視する性格ではないし、他人《ひと》に命令するのも、命令されるのも好きではなかった。ある日カロンはこんな生活から逃げ出したらどうなるだろうか？　と考えた。自分の代わりなど誰でも務まるだろう。

そこで信頼している相談役の鶯梅殊《おうばいじゅ》という男と話し合い、新しい皇帝を選んでもらうことにした。カロンは自由になった。身につけるものを全て変え、道具も変えた。できるだけ質素なもの、洞窟に住む隠者《エレーミタ》のようなものにした。いつ死んでもいいと思っていた。

実際に国境地帯の閑静な場所で生活してみるといろいろと必要なものが出てくる。日にちを決めて相談役の男に食料などと一緒に持って来てもらう。そのとき次回必要なものを言っておく。

すぐに飽きるか辛くて逃げ出すと思われていたが（自身でもそう思っていた）、意外と気質にあっているのか、帰る気にはならなかった。もっとも必要なものはだいたい一月《ひとつき》後に手に入るのだから、『皇帝のお遊び』の域は出ていない。死んでもいいが死ぬ気になれなかった。

そんなある日、梅《プルーナ》が食料を持って来た日、奇妙な一団がやってきて人形芝居を演じたいと言った。カロンは断ったが、これこそがあなたに必要なものだと壺をおみやげに置いていった。そのなかにはカタマイトというものが入っていて、それをカロンに授けることこそが『真の神』の望みだと言うのだ。

そしてカタマイト（ガニメイドと名乗っていたが）はちょっとした隙にカロンの体内に侵入した。もちろん初めての経験で苦しみは筆舌に尽くしがたいもので、こんなに苦しいのなら希望通り死ねてもちょっと待ってほしいと思った。しかし次の瞬間カタマイトは脳を壊してくれた。そうなると全てがぼんやりして、幕の向こう側のことのようになった。

今やっていたことが思い出せなくなる。およそものは考えられなくなり、ぼんやりと毎日を過ごす。これといった欲望もなくなる。あってもすぐに忘れてしまう。

どのくらい時間が経っただろうか。どのくらいの日にちが、どのくらいの年月が。

カロンはいつも耳元で囁いている声（それに従って、言う通りに操られて来たのだが）が、ある日聞こえなくなったのに気がついた。そして近くにプルーナがいた。

――ガニメイドはいなくなった。そしておまえは教皇になるだろう。ガニメイドが話をつけている。貧しく、執着もなく、自我もない。教皇にふさわしいおまえが。

第二百三代教皇ハールーン・ラシドは目の前にいる三人の男を知っていた。

プルーナ、わたしを導いた男。

娃柳《あるう》、わたしが宝苓《ほうれい》にした男。

三人目の老人は災厄の始まりを壺と共にもたらした男、少年の面影が透けて見える。

「よくいらした。よくいらした」ハールーン教皇は客を迎えた。「わたしの軍の艀が全ての川を遡っている。その数は五千だ。川はもう立錐の余地もない。それはそれとして、この話をするために来たわけではない。まずプルーナ、懐かしいではないか。少しは教皇らしくなったかな？」

プルーナと呼ばれた鶯梅殊《おうばいじゅ》は跪き頭を下げた。「もちろん。それはさておき、お言葉ですが、本日の会合の結果が思わしくない場合に初めて艀が川を遡る、というのが教皇さまとのお約束ではありませんでしたか？」

「ああ、その通りだ。だが教皇は神以外の何物にも拘束されぬ。過去の自分の言語にも。三人に集まってもらったのは、直にわたしから詫びを入れたいためだ。まずプルーナ、あるいは鶯梅殊、カロン皇帝だった頃からの付き合いだが、本当にわたしのために様々な便宜を図ってくれた。細かいことは忘れてしまったが、感謝の言葉しかない。しかしわたしはおまえのために何もしていない。それを詫びたい。

次に娃柳《ある》だ。おまえの体に野蛮な暴力を振るったことは謝る。こんな言い訳は聞きたくもないだろうが、理由を知れば、それがどんなに莫迦莫迦しいものでも少しは慰めになるかも知れぬ。あの頃わたしのカタマイト、ガニメイドがわたしの体から出てしまったのだ。後から調べてみると、それはよくあることでカタマイトが寄生体から離れることは、寄生体のある種の完成を意味するという。しかしそれは苦しいのだ。肉体的な苦しさだけではなく、それまで頼りにしていたカタマイトがいなくなると、とてつもない不安が襲ってくる。親に捨てられた子供、そんな感じだ。わたしはほとんど狂人だった。そして娃柳皇帝にカタマイトがついているという話を信じてしまったのだ。

　体内のカタマイトを外に出すには、通常の出入り口、口腔を閉鎖して下腹部に脱出孔をつくるらしいのだが、その結果がこうだ。娃柳皇帝の体内にはカタマイトはいなかったし、肉体を大きく傷つけてしまった。いくら詫びても詫び足りない結果だ。本当に申し訳ない。

　そしてクリスくん、こう呼びたいところだが、年月の経過は誠に残酷だ（気を悪くしないでほしい）。あなたこそわたしにカタマイトをもたらした。あなたが丹精込めて育んだカタマイトと良い関係を持てなかったことをおわびする。教皇庁にある彩画《ミニアチユール》のようにわたしがガニメイドと一緒に絵に収まることができたら、と今でも思っている。ついでに指摘しておけば、『真の神』についてあなたはどう考えているのか、今はとても知りたく思っている」

そう言われてもクリスには明確な答えはなかった。言いよどんでいると、一人の兵士が入って来て、それに対応した白色装束の女と小声で話していた。

それが済むと女は教皇の耳元で何事かを伝え、教皇は許可した。兵士が進み出て「病院船が現われました。そしてハピもです」と言った。全員に聞こえた。

兵士は続けた。「我が軍の艀は進行が不可能な状態に陥っています。ハピの秘められた力の作用だと思われます」

クリスたちは球体《オーウム》の歪んで見える窓から碧江《へきこう》を覗いた。大きな角ばった船が沖にいるのがわかる。あれが病院船なのだろう。ハピはわからなかった。

「病院船とハピが相手では、今回の作戦は中止するのが賢いだろう。ご足労をかけた。また機会とわたしの命《いのち》があればお会いしよう」

三人は外に出され、球体とその奴隷たちはゆっくりと出発の準備にかかった。

直接見る碧江にはハピはもちろん、病院船も見えなかった。

世界は一瞬にして平穏さを取り戻したようだ。次々と兵士たちが帰って来たという知らせを聞いた。数日ぶりにポレと会ったクリスは以前より健康そうに見えた。

「ハピの秘められた力って何ですか?」というポレの質問に「さあ、詳しくはわかりませんが、心の内を黙って伝える力のようなものでしょう。人間の体内に入ったカタマイトは人間の形になりますが、水のなかで育ったカタマイトは魚のような形になります。水中は多くの重さを引き受けますから、とても巨きなハピがいるそうですよ」と例によって独特な答え方をした。

続けてクリスはこんなことを言った。「それより教皇の乗り物にいた白い女と報告に来た戦士に見覚えがある気がしたので、ここ数日寝る前に目を閉じて考えてみましたが、『ほとんど全てを見た者たち』という人形劇団の話はしましたよね。わたくしの入っていた。その団員のリリという女の子とヴィンコ親方ではないかと思ったのですよ。そのふたりがね。まあ妄想かも知れませんが、『真の神』の委託を受けて時空を超えて働いている、と思うと何か微笑ましい気がしましてね。何しろわたくしは教皇庁の使者になるところを、怖じ気づいて逃げてしまった人間ですからね。その逃げた先が彼らの旅まわり劇団とは人生の皮肉というものでしょう」

付け加えてこんなことも言った。「初めてダンスをあなたといたしましたよね。ごく近くであなたのお顔を拝見いたしました。そのとき、奇妙な考えが浮かびました。あなたはカルタン師に似ているって」

——わたしはさまざまな人物に似ていると言われた。

娃柳《あ　る》皇帝、林絲游《りんしゆう》の夫、そしてカルタン師。顔が平凡でそこにどんな要素でも付け加えられることを示しているのかも知れない、とポレは思った。そして林絲游のところ（ああ、あの童話のような家）に行って、あなたの夫は未《ひつじ》の町で古い教会の神父をしていますよ、と言ったらどんな反応を示すだろうかと考えてみた。

鳥は飛び去り私は残された。新しい鳥が来るまでここで待っていよう。

教皇庁《きょうこうちょう》の使者《ししゃ》——幻想小説《フィクシオン》

二〇一九年五月一〇日初版第一刷印刷
二〇一九年五月一三日初版第一刷発行

著　者　服部独美《はっとりひとみ》
発行者　佐藤今朝夫
発行所　株式会社国書刊行会
　　　　東京都板橋区志村一―一三―一五
　　　　電話〇三(五九七〇)七四二一
　　　　http://www.kokusho.co.jp
印　刷　三松堂株式会社
製　本　株式会社ブックアート

ISBN 978-4-336-06357-1